有爱的青春陪伴者

图书在版编目（CIP）数据

念遥遥 / Further著. -- 南京 ： 江苏凤凰文艺出版社, 2025. 6. -- ISBN 978-7-5594-9539-6

Ⅰ．I247.5

中国国家版本馆CIP数据核字第20255ZA557号

念遥遥

Further 著

责任编辑	王昕宁
特约编辑	蒋彩霞
责任校对	言 一
出版发行	江苏凤凰文艺出版社
	南京市中央路165号，邮编：210009
网　　址	http://www.jswenyi.com
印　　刷	长沙鸿发印务实业有限公司
开　　本	880mm×1230mm 1/32
印　　张	9
字　　数	171千字
版　　次	2025年6月第1版
印　　次	2025年6月第1次印刷
书　　号	ISBN 978-7-5594-9539-6
定　　价	42.80元

江苏凤凰文艺版图书凡印刷、装订错误，可向出版社调换，联系电话025-83280257

目录 CONTENTS

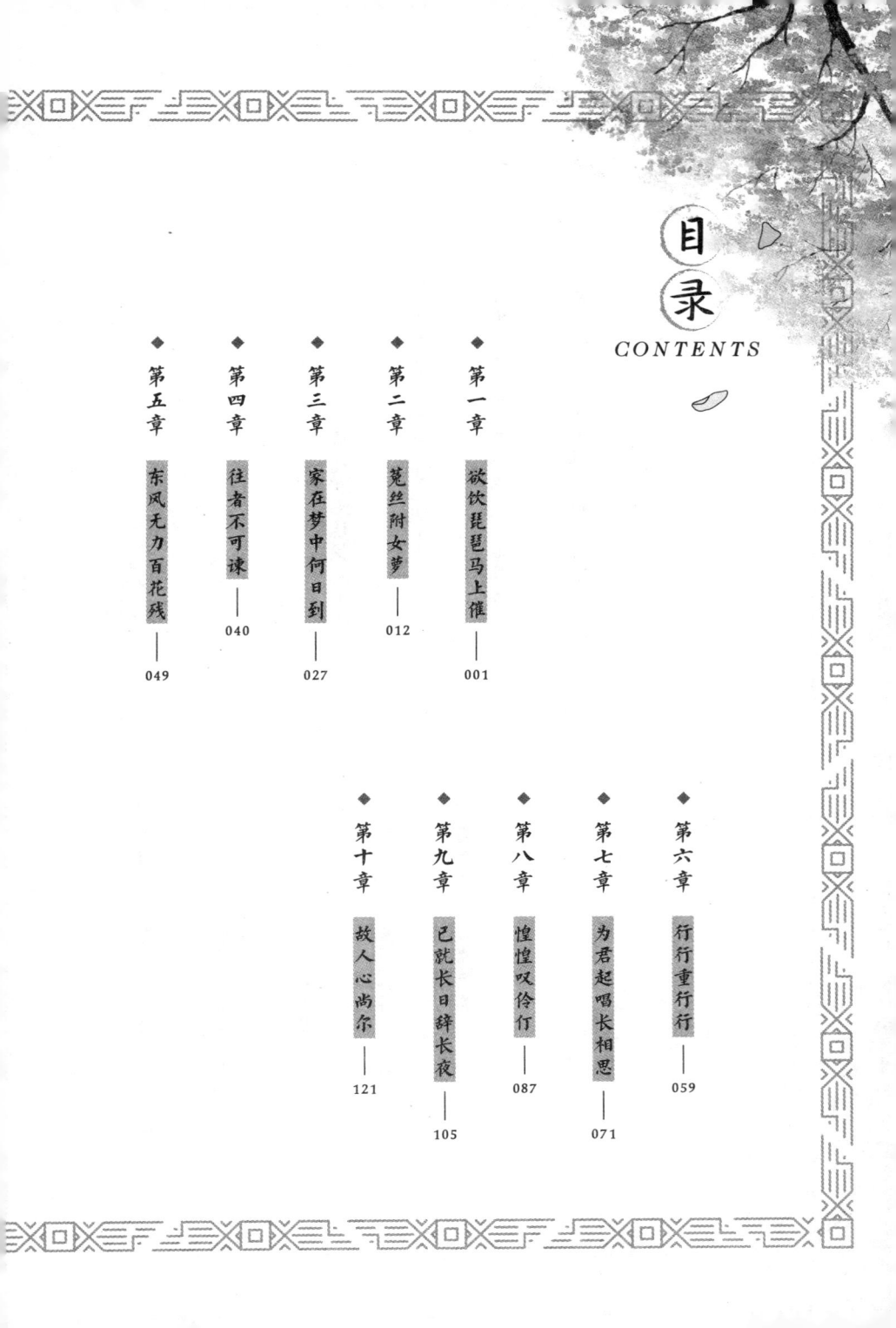

- 第一章　欲饮琵琶马上催 —— 001
- 第二章　莵丝附女萝 —— 012
- 第三章　家在梦中何日到 —— 027
- 第四章　往者不可谏 —— 040
- 第五章　东风无力百花残 —— 049
- 第六章　行行重行行 —— 059
- 第七章　为君起唱长相思 —— 071
- 第八章　惶惶叹伶仃 —— 087
- 第九章　已就长日辞长夜 —— 105
- 第十章　故人心尚尔 —— 121

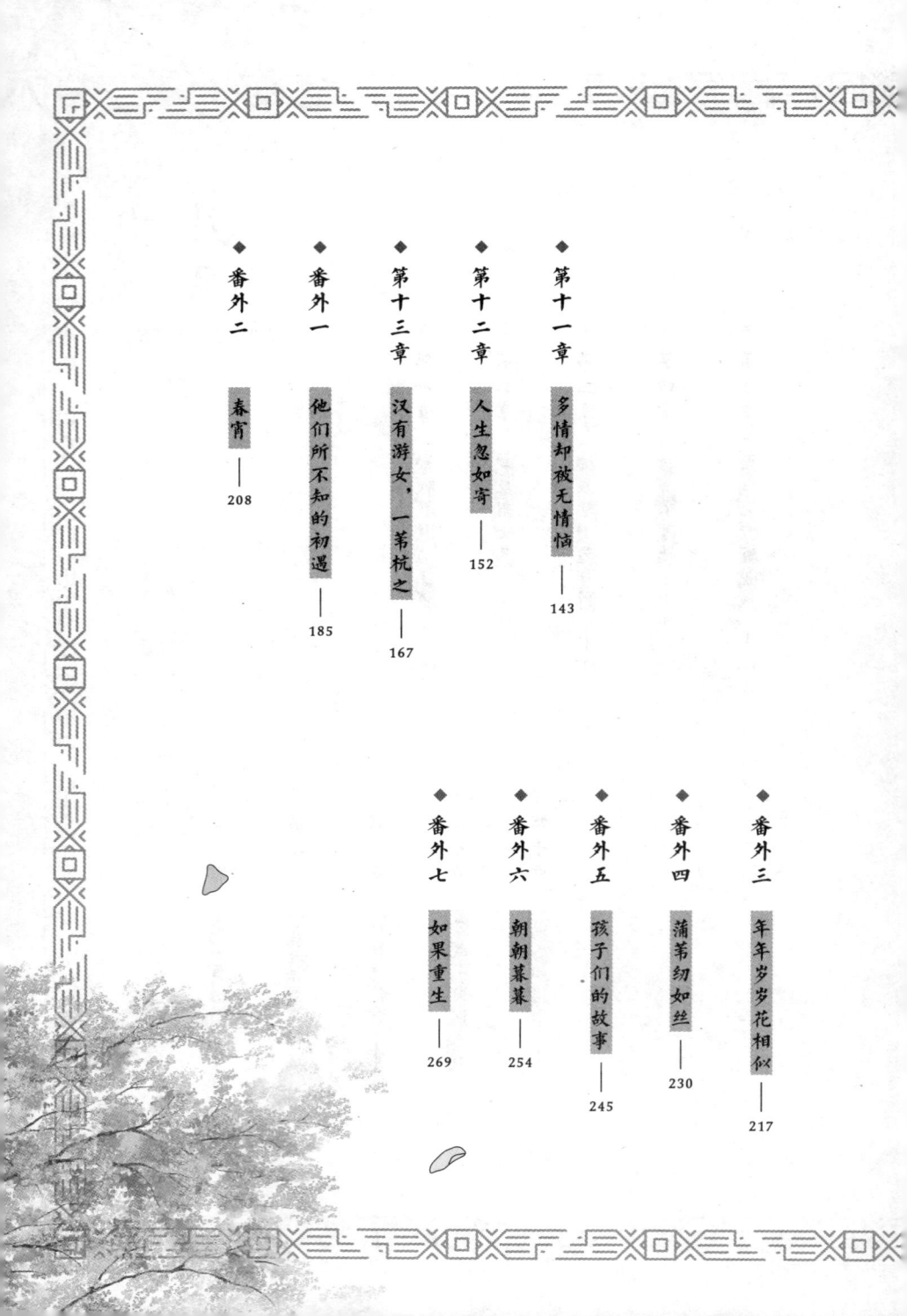

- 第十一章　多情却被无情恼 —— 143
- 第十二章　人生忽如寄 —— 152
- 第十三章　汉有游女，一苇杭之 —— 167
- ◆ 番外一　他们所不知的初遇 —— 185
- ◆ 番外二　春宵 —— 208
- ◆ 番外三　年年岁岁花相似 —— 217
- ◆ 番外四　蒲苇纫如丝 —— 230
- ◆ 番外五　孩子们的故事 —— 245
- ◆ 番外六　朝朝暮暮 —— 254
- ◆ 番外七　如果重生 —— 269

第一章 欲饮琵琶马上催

今早刚起床，玉堂便冲进帐子告诉我一个消息，简直是晴天霹雳——

我哥哥要和我儿子打仗了。

我再三确定，没有听错，就是我哥哥要和他的大外甥打仗了，不是对骂，不是肉搏，而是千军万马、兵临城下。

我坐在床上愣了良久，才翻身下床去找史书。什么《史记》啊《汉书》啊，和亲那会儿带来了多少，我就和玉堂翻了多少，最后得出一个结论：我命不久矣。

那人可当真不是我亲哥啊！我暗自叹气，历史上哪有一个亲哥会这样坑自己的亲妹妹？

两国交战，和亲的公主大多数是要被杀了祭旗的。想至此，我后背一阵发凉。

我爹大齐先帝，年过而立却膝下无子，只好听从大臣的意见，过继了一个宗室子弟，养在皇后膝下。两年前，我爹驾崩，我那才加冠不久的好哥哥就稳稳当当地坐上了龙椅。

小时候，我与他一同生活在后宫，并不觉得他有多么机警、聪慧、运筹帷幄，直到我听见大齐传来消息——那掣肘我爹近十载、上书力谏公主和亲的项宰辅被他下了大狱，满门抄斩。说是项宰辅结党营私、贪污受贿，还侵占良田、子孙强抢民女。

我听到时，只是觉得可笑。一个人权势滔天时，他做的一切都合情合理，说的所有话都被奉为圭臬，可一旦下了云端，那他就是过街鼠、落水狗，曾经的辉煌都会变成让他身首异处的铡刀。

包括我自己。

我这个和亲公主，在太平时是两国邦交友好的象征，但只要两国有纷争，我就是活靶子、眼中钉，得最先死。

就算有儿子又怎样？又不是我亲生的！

我和亲那会儿才十五岁，正当好的年纪，嫁的却是五十有四的老禺戎王。大齐初建，国力微弱，百姓需要休养生息，皇帝需要一位懂大局、识大体的女儿，朝廷需要一个能牺牲的公主。禺戎南下侵扰我大齐边境的子民，我爹在养心殿批了整整一夜的折子，听了整整一夜大臣们的唠叨，而我也在宜兰殿枯坐到天明。

次日清晨，我拜别了母妃刘美人，又去看了看刚出生不久的五妹妹，起身去了温室殿，自请和亲。

老禺戎王在世时，我只是一个不起眼的小妾。何况我生得瘦弱，根本不受他们禺戎人的喜爱。那时的齐国国力亦不足以与禺戎匹敌，弱国、小国的和亲公主在这儿可上不了台面。老禺戎王后在十八岁时便嫁给了他，为他生下了一儿四女，又是阿勒奴人人敬重、仰慕的公主，我有何能力与她相较，有何颜面与她并立呢？

而今我十八岁，老禺戎王已在年前死于病榻。王后以阿勒奴公主之位作保，将年仅十七的儿子忽罕邪推上了新王的宝座。而我，从他的庶母变成了他最年长的妾。

玉堂看我坐在几案旁半天没有动静，颇为担忧："公主，是王上想夺我们齐国的边陲之城善都，皇上无法……"

"我知道。"

善都是齐国通往西域的要塞，若是善都丢了，别说西域，齐国西北的大片土地怕是也要在日后遭人蚕食，不得安生。

"他刚刚坐上禹戎王之位，想证明自己。何况爷爷曾经让先王在善都吃过败仗，他说什么都咽不下这口气的。"

玉堂的身子有些隐隐发抖："那我们该如何是好？"

我笑了笑："放心，今晚……我会让他给我一个满意的答案。"

我敢这么说，是因为我了解他。在为先王妾的那些年里，我并不受宠，是以有大把的时间交给自己，或是……其他人——

十五岁初来乍到，我便遇见了小我一岁的忽罕邪。彼时的我已嫁于先王有些时日了，但王后凶悍，不喜汉人，因此也十分不喜欢我，常挑唆先王冷落我。我无法，便只好带着玉堂，叫上些侍从去天山脚下找水源，找适合种菜的田地。

不得不说，在中原待惯了的人，最热爱的事情就是种菜啊！

我和亲时带来不少蔬果、鲜花的种子，每找到一块像样的地就种一点，怀揣侥幸，期待它们发芽、生长，不枉我千里迢迢带着它们来到禹戎。

我每隔几日便会去看一眼。月余，那些种子已有破土而出的迹象。直到忽罕邪带着他的军队从战场上回来，百人骑兵踏过天山的河流，将我的"小芽们"踩得七零八落，泥泞不堪。

当时的我如遭雷劈，发了疯似的冲了过去，也不管寡不敌众，指着忽罕邪的鼻子就是一通骂。他们骑着马将我团团围住，如同看小动物一般看着我。

忽罕邪坐在马背上，逆着光，他的影子笼罩着我，我只听见他笑道："齐人？哪儿来的？"

我叉着腰，个子矮气势高地喊道："我是齐国公主，禺戎王的妃子！"

忽罕邪一愣，像是被我的嚣张气焰惊到了，二话不说，抓着我的腰带将我拎上了马背。我不会骑马，惊叫着却没办法，被迫伏在马背上承受猛烈的颠簸，到了营帐后难以遏制地吐了出来。

忽罕邪笑得前俯后仰，最后还不忘挑衅地走过来，说道："怎么样？还嚣张吗？"

先王知道这件事后也不恼，只是对我说忽罕邪还小，让我不要放在心上，还教训了忽罕邪，告诉他不要这样捉弄齐国来的客人。

忽罕邪答应了，良心发现般地来寻我，说要给我赔礼道歉。我不想理他，他便又将我扛了去。

那时正好是禺戎的春季，漫山遍野的油菜花在阳光下闪着奇异的金光，远处的天山白雪皑皑，朦胧可见。我突然有些想家，鼻子一酸，险些哭了出来。

忽罕邪有些讶异，问我怎么了。

我说我想家了。

忽罕邪又问我家在哪个方向。

我说,在东边,齐国春天的时候会有很多很美的玉兰花,我想看玉兰花。

忽罕邪不说话了。

我们回去后好几天他都不曾来找我。直到先王出征西部落讨伐叛军,他趁着我帐外无人,挤进了我的帐子,递给我一把种子。

"这是什么?"

"玉兰花。"忽罕邪说道,"齐国的玉兰花你就不要想了,我在禹戎给你种,也是玉兰。"

此话一出,我便什么都明白了。

老禹戎王死后,玉堂一度担心我会被拉去殉葬或者分给其他禹戎贵族。但我心中毫无波澜,我在赌。

事实是我赌对了,忽罕邪继位的当晚便将我叫去了他的王帐。

傍晚时分,我去王帐走了一趟。忽罕邪还在与大臣们商议事情。我思忖了一会儿,先去山坡上吹夜风。禹戎昼夜气温变化极大,我迎着风,被吹得满脸都是泪,脸颊微僵,鼻子也是红的。

再次走到王帐时,大臣们已经散去,我让玉堂拿来刚炖好的牛骨汤,钻进了帐子。

忽罕邪立在地图前端详,听见动静后转过身来。看清我的脸色,他微微一愣,支开了玉堂,帐子里只留下我们二人。

"怎么了？"他接过我手中的碗，拉着我的手摩挲一阵，"在外头等久了？手这么凉。"

我垂眸点点头，不看他："嗯，看你们在商议事情就没进来。"

忽罕邪敛眸瞧着我，笑了笑："以后有什么事，遣人来找我说一声就行，不要这样吹风。"

我浅笑以应。

忽罕邪将我圈在怀里，暖融融的。他简直就是一个小火人，即使是寒冬腊月，帐子里也不需要生炭火。

可我有些发抖地依偎着他。

忽罕邪发现我有点不对劲，捧起我的脸，指腹摩挲着泪痕问道："哭过？谁给你气受了？"他顿了顿，试探地问出口，"我娘？"

我摇了摇头："不是太后……"

他觉得好笑："那是谁？谁敢欺负我们瑨君？"他话里的调笑意味十足，我佯作生气地推开他，从他怀里离开，坐到对面。

忽罕邪敛起笑容，认真地问："真生气了？"

我咬着唇，为难地将脸撇向一侧，吸了吸鼻子："不是太后，是你嫂子，宿虏王妃送来了东西。"

忽罕邪听见这个称号，皱了皱眉头："她送你东西？送了什么？"

"几张俪皮，说是宿虏王狩猎归来赏了她许多，便遣人夹在了王爷给你的继位贺礼里头,命人拿给了我。"

我看忽罕邪不说话,沉默了一瞬便只能继续往下说:"我本以为只是妯娌之间的寻常馈赠,可我听下人们讲……讲……"后面的话我实在说不出口,就这样盯着忽罕邪,看他的反应。

禺戎有传说,禺戎的先祖因为是兄妹不得结合,只能靠狩得来俪皮将二人的面孔遮住,这才让二人放下了羞耻与戒备,繁衍子嗣。

俪皮在禺戎是求爱之物,这话不用我说,忽罕邪自然比我懂。

禺戎收继,父死子烝母,兄死弟娶嫂。要娶我,必得先杀了忽罕邪称王。宿厍王送俪皮与其说是侮辱我,倒不如说是对忽罕邪的挑衅、讽刺,野心昭然若揭。

忽罕邪看了看我,重新将我拉回怀里。我掐着自己的大腿,眼泪簌簌落下:"我既已嫁入禺戎,禺戎有什么样的风俗我岂会不知?可你仍在,宿厍王这样做无非就是羞辱我……"

忽罕邪继位当晚召我去王帐,已让太后认定我与他必定在先王在世时便私通。当时禺戎上下如何议论,我不是不知道,忽罕邪也不是不知道。可我那时不吵不闹,就是要在今日把这件事说出来,让他愧疚,让他难受。

果不其然,忽罕邪揽着我,叹了一口气,说:"你总是这样委屈自己。齐人的礼节自让齐人守去,你既嫁了过来,就不必再管了。明白了吗?"

008

我似是妥协地点了点头。

忽罕邪低头瞧着我，眼中的烛火跳跃，彼此呼吸相闻。我凑了上去，轻轻地啄了一下他的下唇。

只闻一声轻笑，忽罕邪便将我整个打横抱起，转过屏风放到榻上，他吻了吻我的眼："需不需要我安慰一下你？"

我笑骂他不要脸。

第二日，忽罕邪起床时没有叫我，任由我一觉睡到日上三竿。

接近晌午，玉堂将我接回帐子，边走边说道："王上今早就叫人把俪皮拿走了，还送来一件白狐裘、西域进贡的香料，还有葡萄酒！"

我刚走进帐子，她便拉着我的手问道："公主，昨晚王上可有说什么？"

看她一脸焦急，我笑了笑，知道她要听什么，便说道："看今日王上与大臣们如何商议，我们再走下一步棋。不过有一事可以肯定，王上……是真的讨厌他那哥哥。"

我微微抿了一口水，接着说："宿虏王野心大得很，要不是太后有阿勒奴公主的身份压着，他可不会安分到现在。西部落是先王打下来让他去镇守的，先王死的时候他也没能见上一面，心中必定愤愤不平。"

玉堂道："公主，您就笃定王上会因为宿虏王而不出兵大齐？"

"那就要看我们这个新王……到底是急功近利的人还是深谋

远虑的人了。"

宿庲王在西部落坐拥三万骑兵,若忽罕邪此刻出兵攻打东边的齐国善都,那整个太后方就尽收宿庲王囊中。忽罕邪不可能不知道,只是他想要将善都作为进入齐国的入口,这样的渴望让他不得不将自己禺戎的内斗稍稍放置一旁。我就是要借着俪皮提及此事,让他转移视线,专盯宿庲。

自我告状起,忽罕邪连着几日没来瞧我。

是日我刚从天山脚下回来,打算用采的果子酿酒喝,便瞧见忽罕邪穿着铠甲回来了。他瞧见了我,就遣散将士朝我走来。

我走进帐子,放好水果,乖巧地去脱他的铠甲,让玉堂备热水,服侍他沐浴。

忽罕邪身上有很多在战场上留下的疤痕,都已结痂,却还是触目惊心。我初见时不禁倒吸了一口冷气,他却不以为意,甚是光荣。

热水浇在他的身上,小麦色的肌肤在水汽与烛光的映衬下带着朦胧暧昧的味道。忽罕邪坐在水中闭目养神,我玩性大起,拿着瓢往他脸上泼。忽罕邪睁开双眼,水滴从他纤长浓密的睫毛上落下。他目不转睛地看着我,伸出湿漉漉的手与我十指相扣。我扔下水瓢,伏在桶沿也看着他。

热气氤氲,我的脸有些红。

忽罕邪说道:"我不打算攻打善都了。"

我闭上眼睛不说话，不打算理会这句话。

他又说："这个结果如何？心安了？"

"一切不得由你说了算，哪是我想如何就如何的？"

"这话说得不错，的确是都由我说了算。"忽罕邪摩挲着我的手背，又问，"那你看，若我想要掣肘宿房王，该当如何？"

我故意不答，反问道："我怎么知道？"

忽罕邪凑近："说话。"

他逼迫过甚，我有些招架不住："互市。以善都为通衢，与大齐进行贸易往来，不仅我们可以获利，大齐乃至西域各国都会记得您的好。何况……若是与他们交好，阿勒奴也不敢再对禺戎动什么手脚了。"

忽罕邪看着我，似笑非笑："你究竟是为了齐国，还是为了禺戎？"

我笑了笑："利益摆在眼前，王上比妾身更会衡量。不管妾身说什么，还是那句话，一切都是由您决定的。"

忽罕邪似乎十分满意我的答案，他看着我，一把将我抱进了桶内。

五日后，忽罕邪派使者往齐国递了国书：与齐结秦晋，开商互市，便宜万民。

第二章

菟丝附女萝

我不在乎禺戎的人如何评价我,我只在乎我的国家能不能安定。他们说我私心过剩也好,说我迷惑君心也罢,只要我的目的达到了,那就是最好的办法。

我避几日风头未出帐子,到第五日觉得差不多了,便叫玉堂同我一起去天山脚下收菜。

一出帐,太后便向我迎面走来。我心中警铃大作,下意识一躲,她的指甲便蹭着我的脸颊划了过去。

脸上顿时热辣辣的。

玉堂惊呼,连忙将我护在身后,与太后对峙:"太后这是做什么?"

太后冷冷一笑,居高临下地望着我,用禺戎话骂了我几句,又招呼身后的侍女们钻进我的帐子,将我帐子里从齐国带来的东西一并搬空。

她狠狠地剜了我一眼,扬长而去。

我捂着脸,没有说一句话。

"公主,公主,您让奴婢看看,这脸……呀!这血口子怎么那么深……"玉堂急出了眼泪,将我拉进帐子。

找药材时,她发现从齐国带来的药膏尽数被太后搬了去,一时气得直跺脚,口中连连骂道:"真不是个东西!蛮夷就是蛮夷!除了动粗,其他什么都不会!"

"公主……"玉堂举着烛火凑近。

我端着镜子看自己的脸。确实有些难看,太后的指甲直接刮

013

去了我右脸的一层皮，血也沁了出来，若是处理不当，怕是要留疤。我叹了一口气，拿起帕子慢慢擦拭。

"嘶——"一不小心下手重了，我直吸冷气。

玉堂心疼得直掉眼泪，还一边抽噎着一边说："奴婢去找王上！"

"别去。"我喊她回来，"等他自己来。"

"公主！"

"在决心帮齐国那一刻我就知道今天这一遭免不了。当年先王答应和亲的时候，太后就极力反对，她讨厌齐人，觉得齐人诡诈，每个人都有八百个心眼。先王病重时，她便打算把我随便送给禺戎哪个贵族，可谁承想她儿子喜欢我。"我忍痛将血迹擦去，"太后忍我很久了，让她找到宣泄的口子总比日后忍无可忍直接除掉我要强。别气了，也别现在去找忽罕邪，等他晚上自己来。"

忽罕邪在黄昏的时候来到我的帐子里。我听见了声响，却没有理睬他。他在我身后安静地站了一会儿，有些憋不住，走到榻前坐下，问道："还疼吗？转过来我看看。"

我扭过头，不让他瞧正面。

忽罕邪叹气，从后面揽住我的腰："我娘的事，我知道了。"他顿了顿，"对不起，让你受委屈了。"

我没想到他会如此果断地道歉，一时有些惊讶，回过头看

014

他。他看清我脸上的样子，忽然蹙眉，声音有些严厉："伤得这么深？"

我捂着脸颊，摇了摇头："太后若是出完气心中畅快，我受点伤也无妨。"

忽罕邪捧着我的脸看了半晌，轻轻地将我揽进怀里："你放心，我会让人把你的东西拿回来的。明天我让最好的医师来看你，别担心，不会留疤的。"

我将头埋进他怀里，乖巧地点了点。

"至于太后那边……"忽罕邪沉默了一瞬，没再说下去。

我没接话，有些委屈地低声抽泣。

这下，忽罕邪就有些坐不住了。他拍着我的背，安慰道："你放心，太后那边我去处理。"

我乖巧地点点头，没有反驳。

忽罕邪与阿勒奴的渊源不可谓不深，彼时年少尚不是雄鹰，阿勒奴确实给他带来了很多帮助，但如今他已是能独立翱翔天际的鹰隼，不需要束缚的铁链，也不需要指引的主人。若阿勒奴对他过多干涉，不管是他的母亲还是他的阿翁，都不会再是单纯的亲人。

太后自老禺戎王还在世时便看不惯我，直到如今还处处针对我，可我亦不是任人宰割的羔羊。

忽罕邪一连好几日宿在我帐中，给我送了不少东西，还说自己怀念姜夫人的帐中香，遣人从太后处将我的香具、香料，顺带着药膏全部拿了回来。

太后又发了脾气，可碍着自己儿子的面不好发作，只好将忽罕邪叫去自己帐中，关起门来说教。

我望着镜中自己的容颜，脸上的伤口已经愈合，结了一层淡淡的血痂。玉堂从外头赶回来，面上急切，赶忙跑到我身边附耳道："公主，太后让王上娶妻。"

我一愣，问道："是阿勒奴的公主吗？"

玉堂点点头："正是。"

"猜到了。太后不满忽罕邪如此对我，势必会找一个娘家的姑娘嫁过来，好分散他对我的注意力，又好来制衡我。"我搁下镜子，斜斜地倚靠着凭几，"太后还没有意识到，忽罕邪如此宠着我，不仅仅是因为喜欢我，还有另一个原因——他不想接近太后给他安排的任何一个女人，他想疏远阿勒奴。

"忽罕邪是个有野心的人。他不想依靠阿勒奴强大，他只望自己强大。"

可如今的忽罕邪还没有强大到能与自己的母亲和阿勒奴抗衡。

他只能妥协。

那些日子里，每当我爬上山坡，便看着他骑着马一圈又一圈地绕着校场狂奔、射箭，以此来发泄心中的愤懑。眼前人眼前事，不知为何有种莫名的熟悉感——在那片遥远的故土，也曾有这样的一个少年，心怀理想，满心期许，他握着书卷，凭栏而

016

立，望着身下万里河山，对我说："念念，总有一日，我会让这个国家强盛起来，没有流离失所，没有战火纷扰。我要让我的子民平安快乐地生活在这片土地上。"

我当时是怎么回答他的？

哦，我说："我相信你，哥哥。"

阿勒奴送来了五公主，叫桑歌。忽罕邪驾着高马，盛装隆重地将她迎回禺戎。民众们捧着颜色各异的鲜花向他们二人撒去，欢呼着围绕着他们跳舞。

我远远地瞧着热闹的人群，看见桑歌被人们簇拥着，身上穿着火红的盛装，满面春风。她有些娇羞地望了忽罕邪一眼，满心满眼的爱慕。

玉堂瞄了一眼我的神色："公主，我们回去吧。"

我没有回应，直到他们二人走进王帐，才转身回到自己的帐子。

玉堂摸不准我的心思，试探着开口："公主，王上不会喜欢这个女人的。"

我笑了笑，心中其实并无多大的感触。我都能够接受他将我收入帐中，还有什么接受不了的？

"姜夫人。"帐外有人喊我，"王后命奴送东西来了。"

我给玉堂使了个眼色，她掀开帘子。外头站着个娇小的姑娘，秋水含波，有三分齐人的模样，笑意盈盈地看着我："姜夫人,我们王后大喜,这是从阿勒奴带来的嫁妆。太后嘱咐我们,说新王后来了,要恩泽姬妾。奴就给您拿来了。"

我盯了她半晌,笑了笑:"你叫什么名字?汉话说得如此好?"

"奴叫阿雅,家中母亲是齐人,是以会说汉话,奴又读过几年书,被叫来做了王后的陪嫁媵妾。"她对答如流,声音脆生生的,如同早春的黄鹂。

我点头示意玉堂接下,又对阿雅笑道:"多谢王后赏赐。"

阿雅向我回了礼,又道:"我们王后说,她陪伴王上的日子不及姜夫人您多,日后还需要姜夫人帮扶,才好让他们夫妻和睦。"

伶牙俐齿,这哪是什么陪嫁媵妾,该是太后找来专门气我的才对。

我听出言外之意,不好发作,只得点点头:"妾身明白。"

阿雅走后,玉堂端着礼物走到我跟前,咬牙切齿道:"什么帮扶,什么夫妻和睦,纯粹就是来找碴儿的!不想让公主您安生。"

我执起托盘上的玛瑙项链,淡淡道:"自我嫁到这儿,就已经没有任何安生日子了。"

王帐与我帐子的距离很近,是当初忽罕邪纳我时亲自指定的,说这样不管是他来还是我去都极为方便。

确实，如今我听王帐的动静也极为方便。

人们吹着觱篥，拉着琴，高呼着唱歌、跳舞、喝酒，就连帐中的肉香都飘到了我这儿。

我卸了妆容，摘下首饰，让玉堂给我拿了两个玉珠堵耳朵，便吹熄了灯，睡了。

其实现在时间尚早，可最近不知为何，我总是有些嗜睡，还好吃。若是往常，吃多了不消食，我是万万睡不着的。

草原上有微弱的蝉鸣传来，夜风轻柔，吹起帘子送入帐中，我迷迷糊糊翻了个身，忽然碰到一副温暖的身体，心中一颤，出声问道："忽罕邪？"

"嗯……"他见我没有睡熟，伸开手臂将我揽进怀里，酒味冲鼻。我胃中翻涌，连忙将他推开。

他一愣，挪得远了些，问道："还是有很重的酒味吗？"

我起身下床，喝了一杯水才将喉间的恶心咽下。

他显然有些迷糊，缓缓起身坐在榻边，抚着额头道："我喝多了，你若不舒服，我回王帐——"

我一把拉住了他。

忽罕邪愣了一瞬，看见我塞在耳朵里的玉珠，忽然哧哧笑了起来。他替我取下玉珠，又环住我的腰，将我圈在怀里："舍不得我，对不对？"

我咬着唇点了点头，又往他的怀里挤了挤。

忽罕邪轻轻叹了口气，将我拦腰抱起，抬头吻我："那我不走了,好不好?"

我双手攀着他的肩膀,乖顺地回应他,喃喃道:"好……"

他是真的累了,褪去衣服后便半拥着我睡下,浅浅的气息打在我的脖颈处,似有若无地撩人。

我摸了摸小腹,微微转过头,问身后的人:"王后如何了?"

"喝醉了,睡了。"

我低低一笑:"你故意的吧?"

忽罕邪蹭了蹭我的脑袋:"谁知道这位阿勒奴公主酒量那么差,我娘可比她好多了。"

我沉默了一瞬,叹了口气,说:"我们那么任性,明天怎么办?"

忽罕邪收紧怀抱,显然是困极了:"那就明天再说吧。"

我恼了,从他怀里钻了出来:"什么明天再说?太后自然不会为难你,那我呢?如今他们阿勒奴可是人多势众。人为刀俎,我为鱼肉……去,到别处去!"我推开他,起身往里挪,翻过身去,不看他。

忽罕邪又把我抱了回去,说什么都不让我动,下巴搁在我的脑袋上,嘟囔道:"放心,我也不会让你受委屈。"

我挣脱不得,只好放弃,用手肘顶了顶他,道:"王后身边的那个阿雅,今天来找我了。"

"她来找你做什么?"忽罕邪蹙眉。

"她会说汉话,人也长得好看,乍一看,我还以为是我带来的人呢。"

忽罕邪沉默半晌,用手指摩挲着我的手背,点点头:"我知道了,睡吧,明早还要对付我娘呢。"

"呸!"我啐了他一口。

忽罕邪没有反驳,只吻了吻我的发心,搂着我睡去。

第二日,我起得格外早,因为睡不踏实,梦魇频繁。我轻轻拨开忽罕邪搭在我腰上的手,下床洗漱。

才绾好发就听见外头闹哄哄的,我叹了口气,心想,该来的总归要来。我瞧了一眼还躺在榻上的忽罕邪,气不打一处来,走过去,猛地推了他一下:"起床。"

忽罕邪迷迷糊糊地睁开眼,看见我立在榻前,笑着牵起我的手:"再睡会儿?"

"还睡?他们阿勒奴的人都过来了!"我挣开他的手,要去掀帘子,忽罕邪立刻把我叫住了。

"过来,给我更衣。"

我没办法,只好听他的话替他穿衣服。忽罕邪低头瞧着我,搂住我的腰吻了下来。

帘子被人掀开,他抱着我转了个身,不让外人瞧见我。我悄悄探出头,看见阿雅和王后立在门口。

对这番景象我倒是不奇怪。这个阿雅虽说只有三分齐人面孔,但终归有个齐人母亲教导,礼数、人情面面俱到。可这位阿勒奴公主怕是曾经在自己的国家备受宠爱，心无城府，喜怒哀乐皆表现在脸上。她皱着眉头，一脸厌恶地看着我，反倒是阿雅笑意盈盈地福了福身："王上，太后唤您和王后前去行告礼，祭祀天山。"

她们不吵不闹，忽罕邪就没辙了。他转过头淡淡地应了一声："知道了，下去吧。"

桑歌冷哼一声，想要说什么，却被阿雅一把拉走。

忽罕邪放开我，在我额上轻轻落下一个吻："等我回来。"

我撇撇嘴："我一会儿还要去收菜呢，等不等得到另说。"

他素来喜欢我的任性跋扈，我也能拿捏得恰到好处。忽罕邪捏着我的鼻子，轻轻晃了晃："还跟我置气？"

我哼了一声，将他推开："王上可快些走吧，不然王后等急了又来找我要人。"

忽罕邪对我的小气性无奈，最后抱了抱我，便出了帐子。

我立在帐外，看着他将桑歌接走，二人驾着马消失在山坡上，才转头对玉堂说："去，请曹娘子来。"

我和亲那会儿带来不少宫人，曹芦便是随嫁的司药局宫人之一。她本出身太医世家，因家中长辈犯了错，被送到宫中充当奴婢，又自请做我的陪嫁女官，跟随我到这穷山恶水来。

曹芦走进帐子，我遣了玉堂去天山摘菜。

"坐吧。"我辟出一块地方。

曹芦从善如流："夫人有什么不舒服的地方？"

022

我沉默半晌,不知当讲不当讲,双手紧紧攥着衣袍,不敢说出口。

曹芦见我如此,以为出了什么大事,便望了望帐外,凑近道:"公主,您别怕,您说,奴婢听着。"

我长叹一口气,附耳轻轻道:"我……我好像有了。"

曹芦先是一愣,随即笑开了花:"当真?来,奴婢给您把脉。"

我伸过手搭在脉枕上。

曹芦三指搭脉,细细探查,又询问了我近几月的月事日期,面上难掩喜色:"公主,已有两个月了。"

"两个月?"我惊诧。我与忽罕邪同房频繁,不承想这个孩子竟如此安稳地待在我的肚子里。

"对啊。"曹芦收起药箱,"奴婢这就给您开安胎的方子,您也要告诉王上,这几个月啊先忍忍……"

"别。"我出声,"谁都别告诉,玉堂也不行。"

曹芦一愣,问:"这是为何?公主,王上如此喜欢您,若是您能为他诞下长子,那您以后便不用再受太后的气了——"

"我说了,谁都不要告诉。"

曹芦噤声,有些茫然无措。

我轻叹一口气,劝道:"阿勒奴公主刚来,我便怀了孩子,你觉得太后真的会放过我?"

曹芦有些犹豫:"那该如何是好?"

"玉堂只在乎我的身体，不在乎其他的。她若知道我怀了孩子，必定告诉忽罕邪。你千万不能让她知道，明白吗？等时机成熟了，我自会同忽罕邪说明。"

曹芦顺从地点点头。

"下去吧，若忽罕邪问起我如何，你就说我只是疲乏操劳，其他无碍。"

傍晚时分，玉堂收了菜回来，说是等到今年夏天天山下的蔬菜定能比去年长得更好。我有些怏怏，不知为何，在不知道自己怀孕前并无不适，现在反倒恶心难抑。

玉堂看我神色不对，凑近问道："公主，您怎么了？"

我敷衍："有些闷，我们去外头烧菜吧。"

玉堂笑了笑，将炊具搬到帐外生火。我坐在石凳上，望着东方遥远的山脉出神。

忽罕邪和桑歌在太阳落山前回来了。他在山坡上看见了我，却被迎上去的太后一把拉进了桑歌的帐子。桑歌好似知道我在瞧着他们，朝我望了一眼，转身也进了帐子。

我清楚地看见桑歌脸上的讥讽。

我叹了口气，顺了顺胃，接过玉堂递给我的碗吃了起来。

今天这顿晚饭，我吃了将近三碗。玉堂看我盛第二碗时就已经不动筷子了，尽数将食物留给我。

她有些瞠目结舌："公主，您这是……"

我喝下最后一碗汤，朝她笑了笑："今天的蔬菜新鲜就多吃了些。"又怕她觉察到什么端倪，"等会儿陪我走走吧。"

我听说，有些妇人怀胎时，走不能走，站不能站，就怕一个不留神孩子没了。我这肚子里的孩子却是乖巧，不闹我，就是好吃。我下意识地护着肚子走路，玉堂有些奇怪地看着我："公主，您肚子不舒服吗？"

我连忙放开手："没，就是吃多了些。"

禺戎几近入夏，夜风倒是凉爽。我和玉堂吹着风就这样慢悠悠地走着。

我忽然说道："玉堂，像不像我们在上林苑的时候？"

玉堂望着我，轻轻地说："嗯，还记得那会儿公主特别调皮，非得拖着奴婢大晚上去上林苑玩，差点被大虫吃了。多亏有大殿下……不对，如今应当叫皇上了——还是皇上将我们救出来的呢。"

我听着她诉说往事，心中难得平静。

"哎，你知道吗？王上昨日大婚，夜里是宿在姜夫人帐子里的。"

"谁不知道？太后今日都没给过王上正脸看。"

两个禺戎的奴婢窸窸窣窣地交谈。我来此地三年有余，浅显简单的禺戎话还是能听懂一些的，又听她们道："我听说我们王后原先在阿勒奴极受宠，说是因为之前在两国骑射比试上见过我们王上一面，便一见倾心。这回太后向阿勒奴讨要公主，我们王后说什么都不让别人嫁，非要自己嫁过来。"

"你不知道，今早王后醒来发现王上不在，气得要去姜夫人的帐子抢人呢，还是被她身边的阿雅姐姐拉住了才什么都没有发生。"

她们渐行渐远，我和玉堂隐在帐子后半分没有挪步。直等到她们的声音再也听不见了，我才抬脚往自己的帐子走去。

玉堂有些开心："公主，看来这个阿勒奴五公主也不是很难对付啊。"

我苦笑一下："可她喜欢忽罕邪。"

"可是王上又不喜欢她，王上喜欢的是您嘛……"

玉堂还在叽叽喳喳地说着自己的话。

我沉默着叹气。

可这世上最难对付、最难猜测的恰是真心啊。

第三章 家在梦中何日到

忽罕邪被太后和王后绊住脚后，有近半个月没来看我。我倒很开心，肚子里的这个孩子我还没想好如何打算，我需要时间。

但玉堂就不这样想，忽罕邪没来一日，她的焦躁就多一分。最后实在忍受不了，她直接跑到我跟前问："公主，王上他……变心了？"

我正在喝水，差点被呛到，听见这句话伏在榻上笑得岔气："哎哟，我的肚子——玉堂，他是禺戎的王，别说他了，就算是个寻常男子，有三妻四妾都是正常的，何况他呢？"

玉堂愣怔地点头，叹了口气："唉，都是因为平常王上待您太好了，我才如此的……"

我摸了摸她的脸颊，劝道："他如今还年轻，往后姬妾越来越多，难不成来一个我难受一回，图什么呢？"

玉堂望着我，抿了抿唇，不说话。

我见她如此，笑了笑，追问："怎么了？"

玉堂叹气："公主，您从前不是这样的。"

我掩眸，苦笑道："以前我是最受宠爱的长女，有父亲、皇后娘娘、母妃，还有哥哥，我什么都有，可现在……我还有什么呢？没了依靠，人总要活得拘束点。没事，日子过着过着就习惯了。"

玉堂没再说话，替我梳洗完，吹灭灯烛便出了帐子。

我抚摸着微微隆起的小腹，心底一片冰凉。

是从什么时候开始的呢？不争不抢也不闹，看似大度，实则心如死灰。

实在是睡不着，我起身点灯，从箱子里翻出诗词来读。恰好翻到一本，里面夹着什么东西，我好奇地拿出来一看，只见上头写着"姜念念，姜春生"。

熟悉的字迹，我看得心头一颤。

夹纸的那页上写着卢茂昌的《古歌》。

> 我所思兮在长安，欲往从之湍流难。
> 东风过兮春生繁。
> 念去去兮梦中还。
> 衣带日趋缓。
> 何人不忧怀。

我与姜春生，是在五岁那年认识的。

他其实不叫春生，叫褚易，姜褚易。春生，是我给他起的名字。

我说："我叫念念。我之前读了老师的一首诗，诗中写'东风过，春生繁'。我觉得'春生'二字极好，你以后就叫'春生'，我就叫你'春生哥哥'好不好？"

别看姜褚易后来答应我了，但他其实是一个很难相处的小孩。

他经过层层筛选，被挑选出来做皇储，我爹、我娘、我大伯都对他寄予了厚望，因此他不允许自己胡闹贪玩，一日三餐、上课、习作都会严格按照皇后娘娘的安排进行。在我心里，他就是个既无趣又刻板的人，要不是母妃让我亲近他，我才不愿意同他说话呢。

是以我说出叫他"春生哥哥"的提议后，他义正词严地拒绝了我："什么乱七八糟的东西，我叫姜褚易，表字望之，不要叫我'春生'这种孟浪轻浮的名字。"

我很生气，转身找了块石头丢到他身上，嘴里啐道："呸，你起的名字才孟浪轻浮呢！你的表字也轻浮！我不要理你了！"说罢，转身就跑了。

然后，他在我身后喊了一句："我爹给我起的名字才不——轻——浮——"

呸！

我很久没理他，母妃笑着逗我，问我："不是一直想要一个哥哥吗？怎么哥哥来了又不要了呢？"

我一想起他反驳我的话就气得吃不下饭，朝母妃发泄道："阿娘，哥哥他又不喜欢我，我给他起了名字，他都不喜欢。"

母妃笑了，问我："是什么名字呀？"

我努努嘴，说道："春生。"

母妃又问我："为什么起这个名字呀？"

我说："爹爹跟我说了，一定要跟新来的哥哥好好相处，给妹妹们做个榜样。我前些日子读了老师年轻时候所作的《古歌》。那时的他想回长安，想看长安的春天。诗歌里头有'春

030

生'一词，我觉得太好了。加之我的小字是念念，若哥哥叫春生，那合在一起就是'念春生'，多好的寓意啊。哥哥为什么不喜欢呢？"

母妃亲了亲我的脸颊，哄道："那你去告诉哥哥你的意思，然后就说：'哥哥，你以后是这个国家的帝王，我希望你给这个国家带来春天。'你哥哥就会喜欢这个名字了。"

"真的？"

"去试试？"

我听了母妃的话，把我的心思一五一十地告诉了姜褚易。他沉默了很久，竟然同意了。

他同意了！

我高兴地抱着他的手臂跳起来："春生哥哥，那我们以后一起看书，好吗？我来陪你一起读书，那样你就不会感到无趣了。"

姜褚易脸色一滞，十分严厉地说道："我哪有感到无趣？我一直觉得读书很有意思！"

我嘿嘿一笑，说："你就别骗我了，我都看见你带话本子去学堂了。"

....

后来，我就成了他的小跟班。哥哥去哪儿，我就去哪儿。我愿意陪他看书、写字，陪他骑马、射箭，陪他爬上宫里最高的阁楼，在万丈星空之下，看着属于我们国家的万家灯火。

"好美啊!"我不禁感叹。这是我第一次真真切切地看着这人间,不知为何,竟有一种想哭的冲动。我转头看向哥哥,他也望着楼下那明明灭灭、近在咫尺却远在天边、可望而不可即的灯火。

他忽然说:"念念,我一定会让这个国家变得富强,一定。"

我笑了,打心底开心。我拉住他的手,靠在他身上应道:"好啊,那念念就陪着你,看着你把它变得强大起来。"

从那以后,我忽然发现哥哥不再沉默寡言,他会跟我说很多很多心里话。

他会告诉我今天御膳房做的烧鹅真难吃,可他当着我爹的面又不能吐出来,怕被我爹以"不体恤民生疾苦"的理由训斥,只好硬生生就着米饭咽下去。

又有一次,他因为头天晚上看书看得太晚,上课的时候实在熬不住就打了瞌睡,被太傅好一顿骂,罚抄五遍《左传》。好在侍候他的内侍会模仿他的字迹,帮他抄了两遍,他这才能去睡觉。

还有一次,他正读屈原的《山鬼》呢,不知为何,忽然抬起头来看我,问我喜不喜欢花。

我说我喜欢呀。

他又问:"喜欢什么花?玉兰,喜欢吗?"南边进贡了一批玉兰的树苗,爹爹给了他几株,他想全部给我。

我兴奋极了,连忙让他搬到我宫里去。

我们一起种树，不让下人们帮忙，一直从清晨忙活到黄昏，连饭也顾不上吃。终于栽完最后一棵，我已是满脸泥泞，哥哥看着我的脸笑出了声。他洗了手，命人拿来干净的帕子替我擦脸。

我直到如今都还记得，那时他捧起我的脸，目不转睛地看着我。哥哥一直很温柔，生怕将我弄疼了，一点一点擦拭着我脸上的污渍。他似乎是感受到了我的目光，一时间愣住，半晌才反应过来，连忙放开我的脸，将帕子丢进了水盆。

后来他就不怎么来找我了。

我知道他忙，可我就是喜欢和他待在一起呀。我还是锲而不舍地如往常一样去书房，去大殿，去他的住所，可他总是有千百种方法躲开我。

我很伤心，哭着去找母妃。

母妃也有些不明所以，只是想了想，便说道："可能你哥哥……是要真正地开始长大了吧。"

直到很久以后我才知道，那个时候的项宰辅已经在向我的父亲施压，他渴望拥有权力，甚至希望我父亲将皇权分出一部分给他。项家是扶持我爷爷打江山的元勋。爷爷在世时，他们尚有一丝忌惮，可到了我父亲这一朝，他们就想尽一切办法制衡我父亲，掣肘他、压迫他、算计他。

可那时的我什么都不知道。

那时的我十二岁，我只是个被父母、兄长保护的孩子，见过最滔天的巨浪也只是书中一笔带过的战争。

我还是生气哥哥不理我,但我不愿意再向他低头,他不陪我,我还不能自己读书了?

一天夜里,我睡不着,便学着古人秉烛夜游,掌了灯,披了衣,起身去后宫的藏书阁。那是专门供皇子公主们读书的地方。

可这宫中大一点的孩子只有我和哥哥二人。

我到藏书阁时,阁楼的门虚掩着。我有些惊讶,又觉得不可能有贼人,皇宫戒备森严,怎么会有刺客呢?

确实,不是刺客,而是姜褚易——我哥哥。

这比是刺客还令我震惊,可令我更瞠目结舌的不是他挑灯夜读,而是他——喝酒了。

若是小酌也罢,可他斜斜地倚着凭几睡觉,腿上是摊开的折子,身侧是七零八落的酒壶,酒气冲天。

我捏着鼻子,将披风解下,盖在他身上,叹了一口气,自己去寻书。

我要找的《史记》放在高处,以我的身量实在难以够到。我搁下烛火,踮起脚正要去拿,却被人一把揽在怀里。那人的身体滚烫,气息粗重。

我回头一看:"哥哥?"

姜褚易没说话,敞开披风将我一同裹了进去,他的双手横在我的腰间,下巴搁在我的肩上。我才知道他原来已经那么高了。是啊,哥哥都十六岁了呢。

寻常皇储到这个年纪都封妃纳妾了吧。

想到这里,我的眼泪不知为何就出来了,我抽抽搭搭地哭个不停。

哥哥慌了,连忙将我转了个身,低头看着我,轻声问道:"怎么哭了?"

呼吸之间是熟悉的味道,我抹去眼泪,摇了摇头,一点都不想告诉他我是因为他把我丢下感到伤心才哭的。

哥哥好像感知到了什么,他一手圈着我,一手擦去我的眼泪:"对不起,哥哥以后不会不理你了,原谅哥哥,好不好?"

我哭得还是很凶:"你是不是要纳妃,所以爹爹不让我跟着你了?"

姜褚易摇摇头,将我揽进怀里:"不是,实在是最近朝中……算了,我们不提这个,哥哥以后不会丢下你不管了,不会了。"

我抽噎着说不出半句话,仍旧泪如雨下。姜褚易没辙,捧着我的脸看了半晌,忽然低下头。

是炽热、温柔、缠绵、带着微醺的酒意,熏得我也有点醉了。

姜褚易喃喃道:"我们念念不要嫁人,好不好?"

我疑惑:"我嫁给谁?"

他顿了顿,没有再说话。

很久很久以后我才知道,他的疏远与冲动,都是因为项家人逼我父皇,想要求娶我。

即使项家再权倾朝野，他们还是没能把我娶走。

我听说，哥哥在朝堂之上和项家子弟吵得不可开交，父亲无奈只好散朝。就这得以喘息的工夫，父亲想到了对策。

项宰辅的妻族是陈留望族赵家，素来有与项家再度联姻的打算，项家大郎的表妹也喜欢项家大郎得紧。了解了这事，父亲连夜派人去陈留找到赵家，为项家说亲。赵家同意这门亲事。歇朝数日后再上朝，父亲直接给项、赵两家赐了婚。项大郎无法在朝堂之上直接驳了自己母亲的面，只好答应了这件事。

尘埃落定后，我才从宫里侍女的闲话中知晓此事。

我感慨父亲想得周密，赵家和项家两个望族亲上加亲对天家而言本不是好事，但结成的若是怨偶，那就难说了。只是苦了赵家娘子一番痴情。

我去找哥哥问这件事情，只见他从宫外匆匆赶来，额上是细细密密的汗。已是暮秋，哥哥却满头大汗，他定然瞒着我做了什么事。

我迎上他，理直气壮地站在他面前，仰着头问道："姜春生，你去哪儿了？"

哥哥看见我，停下了脚步，他就这样怔怔地看着我，看得我"偃旗息鼓"。我抿了抿唇，低下头妥协道："好吧，我……我不该问的。"

他一把抱住我。我听见周围的侍从们惊呼，连我自己都惊讶于他的失态之举。即使周围的人并不知道我们二人的心思，可我们自己做过的事、心里的想法，彼此不可能不知道。

我有些心虚，想挣脱他的怀抱，他却抱得更紧，嘴里还喃喃道："你终于可以永远待在我身边了。"

我毫无征兆地泪如雨下，旁人都以为我是劫后余生、喜极而泣，却不知这里面到底添了几分语焉不详的情愫。

宫外传言，项大郎被人揍了。

我问是哪一天。

侍从回话，是三天前。

我幽幽地看向姜春生，他笑着不说话。

只能说项大郎运气不好。那日他在青楼里喝得酩酊大醉，出来就被人揍了。是谁揍的，他也没看清，而且身上的钱财也丢了。项家有冤无处诉，就当是小混混劫富家子弟，这件事就这样过去了。

谁也不会想到久居深宫的太子姜褚易会干这种丢面子、毁身份的事情，他们应该根本想不到姜褚易会出宫吧？

我十五岁以前，备受长辈的宠爱和晚辈的尊重，只觉得这世界上没有人不喜欢我，也没有我得不到的东西。天上地下，我姜瑨君是独一无二的永安公主。整个国家的百姓都会爱戴我，都要供奉我，而我享受着至高无上的荣耀与尊贵，做着这与生俱来的人上人。

我的笄礼，举行在齐国建国以来最美丽的春季，宜兰殿的玉兰也开了，争先恐后地向我展示它们的芬芳。我的笄礼头面是太子哥哥画的花样子，父亲叫来最好的工匠替我打造的。皇后娘娘替我绾发，母妃替我梳妆，正宾是先镇国公独女——年过六十、德高望重的老太太，赞者是礼部尚书刘家嫡女——双十之年才冠京华的姐姐。

我坐着太子才配享有的鹤驾，接受所有臣民的跪拜。

我告诉他们，你们的公主、皇帝的长女长大成人了。

可是成人以后呢？我该做什么呢？

就在笄礼结束后不久的秋天，禺戎犯境，危及边疆。

大臣开始上书，指责父亲为我铺张浪费，宠爱公主，却不爱自己的子民，致外族犯境，无力抵抗，生灵涂炭，岂是一个明君所为？

我慌了，开始觉得自己做什么都是错的。我读书错，穿衣错，吃饭也错，我所做的每一件事都是在生吞活剥百姓们的血肉。

百姓供奉神佛，神佛要庇佑他们。我的百姓供奉我，我又该给予他们什么呢？

——"硕鼠硕鼠，无食我黍！三岁贯女，莫我肯顾。"

——"长太息以掩涕兮，哀民生之多艰。"

——"高田种小麦，终久不成穗。男儿在他乡，焉得不憔悴。"

那些日子，我将自己埋在书间，翻看一本又一本史书。秋雨连绵，藏书阁镂空的窗户透进阴冷的凉风，我披着薄纱蜷缩着躺在书堆里。

哥哥因为前朝的事情忙得焦头烂额,他来找我时,我已经向父亲自请和亲了。

姜褚易近乎疯狂地箍着我的肩膀,勒得我很疼,眼泪险些落下来。可我还是忍住了,这是我自己的选择,不管是面对谁,我都不能哭。

我不后悔。

"念念,别离开我……"哥哥的头埋在我的颈间,他把我整个人圈在怀里,好似只要这样,我就不会离开。

我多想永远留在这里,温暖、宁静、无风无雨。

可我不能够。

姜褚易不由分说地亲吻我,他甚至裹挟着我,将我压在榻上。我冷脸推开他,说出此生对他说过的最无情的话:"就算我留在这儿,也不可能嫁给你。

"行笄礼之后,爹爹就已经在为我物色驸马了,哥哥。我不可能永远留在宫里。我要嫁人的,哥哥。"

我看见了他眼里的绝望,做太子十载,我从未见过他这样。

我上前抱住他,如同儿时初见他想家哭鼻子一样抚摸他的背,安慰他:"哥哥,记住你答应我的事。即使我不在你身边,我也一定会在遥远的禺戎看着你。看着你,给我们齐国带来一个灿烂的盛世。

"你一定会是一个爱民如子的好皇帝,而我,也一定会尽我所能,替你安定边疆。"

第四章

往者不可谏

齐国来人了。我在睡梦中听见这个消息，一下子清醒过来，连忙翻身下床，却不小心撞翻了榻边的矮几，一个趔趄跪倒在地上。

外头的人听见声响，停止了交谈，掀帘进来。

忽罕邪看我坐在地上，皱了皱眉，跑过来将我抱上榻，还一边数落我："多大的人了，怎么下个床还摔了？"

我管不了其他，拉着忽罕邪的手急切地问道："是不是齐国的人来了？我……我好像听见我老师的声音了，是不是？"

忽罕邪面上的神色渐渐冷了下来，他微抿着唇，又道："是来人了，平阳侯卢茂昌。"

我的眼泪涌了上来，喃喃道："是我老师，是他！可他已经七十三了啊……"

忽罕邪替我顺了顺头发，温暖的手掌放在我的背上，淡淡地道："是齐国皇帝派来的，我又怎知缘由？"

"哥哥？"我又纳闷了，怎么会是哥哥呢？我们二人皆是由卢侯教导，他更是敬重老师，怎么会让老师这样一位老人奔赴千里之外出使禺戎呢？

忽罕邪似乎不喜欢我这样称呼齐国的皇帝，他蹙着眉，说道："我听玉堂说你近几日嗜睡，好好休息，今日就不要出帐子了。"

"忽罕邪……"我拉住他的胳膊，用祈求的眼神看着他，"我……我能见见卢侯吗？"

041

忽罕邪看着我，叹了口气，说："你还是好好休——"

"我不需要。"我急切，即使我已感受到忽罕邪的不喜，可我就是想试试，我就是想见见我的老师，难道这都不行吗？

他没说话，只拉着我的手，摩挲着我的手背："瑁君，你要记住你已经嫁给我了，知道吗？"

我一愣，垂着眸点了点头："妾身知道的。"

"齐国来的人，于你而言，只是客，明白吗？"

我咬着唇点头："妾身明白……"

他望着我，半晌说道："只此一次，下不为例。"

我一时间以为自己听错了，猛然抬起头："当真？"

他失笑，摸了摸我的脖颈，在我额头上落下一个吻，说："嗯，听说你们齐人女子嫁人三日回门，你嫁来禺戎已三年，就让你见一见他们吧。允你穿你们齐人的衣服，不过……不会有下次了。"

我笑着钻进他的怀里，蹭着他的脖子乖巧地应声："嗯，妾身记住了。"

老师真的老了。我初见他时，他头发乌黑，精神矍铄，朝廷辩论中舌战群儒，无人能敌。可如今，他拄着拐杖，须发花白，身形微微佝偻，只有见到我时脸上的笑意还是我熟悉的样子。

他颤颤巍巍地走进我的帐子，朝我跪下。我连忙将他扶起，眼泪再也忍不住，哭着喊他："老师，念念真的好想你。"

他望着我,眼泪不知为何突然涌了上来。他懊悔地摇头自责:"公主和亲禺戎三载,老臣无时无刻不愧疚自己当年无能,没能将公主保下,害得公主嫁到这偏远之地,不得回故土……"

我摇头:"念念嫁来禺戎,是为国尽忠,比起前线战士们流血断头,这根本不算什么。"

老师拭去眼泪,我命玉堂安置好座椅便遣她去门口守着。帐子里只留下我们二人说话。

"哥哥如今如何了?"

一提到哥哥,老师的眼神里就多了赞许与欣慰:"少年天子,行事果断,雷厉风行。陛下有这份胆量和气魄,齐国兴盛指日可待啊!"

我心中开心:"那项家人及其党羽呢?"

"项家树大根深,势力盘根错节,若非陛下借着当年项、赵亲事挑起两个家族的矛盾,怕也不能如此快地拿下他们。项家本家是无东山再起之日了,只是其势力遍布朝廷,陛下也不可能将朝廷上所有项家人一并铲除,只好睁一只眼闭一只眼——这做九五之尊可比当太子还要难上百倍啊!陛下已做得十分出色,老臣甚感欣慰。"

老师寥寥几句说尽哥哥登基以来的艰难,我听着简单,可哥哥必定是一步一惊心,如履薄冰。

"好在都过去了。"我叹道。

"是啊,最难熬的那几年,陛下都熬过来了。如今,不管是前朝还是后宫,都喜事连连啊。"

"前朝……后宫?"我一愣,已经猜到什么。

"是啊。今年举孝廉,陛下破格增加人数,选出好些个德才兼备的士卿,政见亦与陛下相同,这可不就是好事?陛下登基时,封了礼部尚书嫡女刘之华为皇后,就是当年您笄礼上的赞者。老臣启程来禺戎时,皇后娘娘刚为陛下诞下长子。

"陛下龙颜大悦,又碰上与禺戎停战、互市,喜事成双。陛下嘱咐老臣,此番出使禺戎,一定要好好地感谢公主您。"

我不知为何,有些说不出话来,只是重复着老师的话:"感谢……我?"

老师望了我一眼,轻轻叹了一口气,从袖中抽出一封信。上面的字迹,我再熟悉不过,那是我日夜看着、日夜模仿的哥哥的字啊!

"陛下还嘱托老臣一定要把这封信交到公主手上。千言万语,公主一看便知。"

我沉默,并未动手接。

老师忽然跪下,我惊得连忙起身扶他。他却岿然不动,向我重重地磕了个头,伏在地上不起来:"公主,当年种种,老臣皆看在眼里……只是如今于公于私,还请公主……权衡利弊。阿勒奴、禺戎联姻,对我大齐实属不利。如今新王膝下无子,公主……"

"谁的意思?"我出声,忽然又觉得不妥。我如今是忽罕邪的妃子，我为他生儿育女难道不是天经地义之事？我为何问这个问题？我不也明白孩子的重要性吗？我不也是仗着忽罕邪的喜爱才敢迂回救国、对他直言相劝吗？

我在想什么呢？

老师愣了一愣，显然不知如何接话。

我笑着摇摇头道："我傻了，老师，念念明白的。"

我又询问了一些互市的条例，便将老师送了出去。我在帐前站了许久，直到双腿发麻才坐回榻上。

我拆开信封，两张薄薄的纸，字里行间皆是思念——

念念，展信安。时光易逝，白云苍狗，你已适归禺戎三载，年逾十八。禺戎苦寒，习俗亦与齐国相去甚远，三载间辛酸苦楚，为兄心知。

我看着熟悉的字迹，眼泪不知为何落了下来，翻过一页，又见他写道：

然往者不可谏，来者犹可追。当年富国强民的诺言至今未敢忘却，可兄长也只此一诺能够兑现。往日种种皆如东流水，逝者如斯，勿挂勿念。切记切记，人生忽如寄，寿无金石固。不如饮美酒，被服纨与素。

落款：春生。

信上的一字一句都在告诉我——姜褚易，他有了善解人意的妻妾，有讨人喜欢的孩子，有追随辅佐他的臣子。

而我，那个他曾经抱在怀里一遍又一遍念着不要走的人，远在他乡。

他还写了一封信，告诉我，什么都过去了，我有了新的后半生，愿你也能找到你的后半生。

多好的祝愿啊。

是啊，往者不可谏，我在来的时候就已经想明白的事情，为何现在却心思动摇了呢？

我为什么还是那么想哭呢？

晚上，我没什么胃口吃饭。

忽罕邪来了，见我未曾动筷子，便遣退了下人，走到我身边："怎么不吃饭？"

我笑了笑："吃不下。"

忽罕邪眯了眯眼，无奈地道："你只要一想家就是这个样子。"

我一愣，真的吗？我自己都不曾发觉。

"你刚来禺戎时，我经常见你去东边的山坡上坐着看月亮。"忽罕邪拉起我的手，"就不该让你见齐国的人。"

"我想见他们。"

忽罕邪望着我，他勾着我的脖子，与我额头相抵，喃喃道："我说过了，只此一次，下不为例。"

我无法应答。

这日，忽罕邪终于宿在我的帐子里。他向我抱怨阿勒奴的专横、大臣的吵嚷，又像个孩子一样抱着我，告诉我他给我留了很多齐国送来的礼物。他把最好的都给了我，剩下的才赏给其他人。

他还说宿房王又得一子，他什么时候才能有自己的孩子。

他问我："瑁君，你喜欢孩子吗？我们生一个……不，你想生几个？我听你的。"

我感到胸闷，即使没吃东西，肚子也胀得难受。我看着忽罕邪眉飞色舞的样子，又想到我与哥哥曾经的种种。那封信和老师的话萦绕心间，我忽然觉得我已不是我，而是一具空壳、一个身份，是所有人都可以替代的公主。而我肚子里的这个孩子，不是一个活生生的人，而是我可以用来争权夺势、钩心斗角的工具。

我不明白吗？我从一开始就明白啊！我从一开始就什么都明白啊！

我嫁来禹戎，从来都不是为我自己，而是为我的家国，我的子民。

忽罕邪从背后抱着我，细细密密地亲吻我，声音有些喑哑："瑁君，你觉不觉得帐子里太冷清了？"

我抚摸着他的手，习惯地笑道："是啊，尤其是你不在的时候，怪冷清的……"

他在我背后低低地笑了出来，气息拂过我的脖子。

忽罕邪上阵杀敌是什么样子的呢？我见过他穿着铠甲练兵的模样，眼神冷厉，不苟言笑，如同矗立在天山上的冰石般坚硬、冰冷。

可我见到的他总是那么温柔、那么有耐心。

忽罕邪将我抱到榻上，揉着我的腰，蹙眉笑道："吃得不多，怎么胖了？"他往上瞥了一眼，"这里也是。"

我羞赧，胃中不舒服，想推开他，忽罕邪却以为我欲拒还迎，低头吻了下来。我一把推开他，趴在榻边干呕起来。

忽罕邪愣住，连忙将我扶在怀里："怎么了？吃坏东西了？叫曹芦来看看？"

"不要——"

我一把抓住忽罕邪，却又不想让他察觉到异样，忙道："我……我不想让别人打扰我们。许是东西吃得不舒服罢了，现下好多了。"

忽罕邪听见这话，环住我的腰，将脑袋搁在我肩上，止不住地笑："自你嫁给我，还是头一回听你说这话。"

这话说得暧昧，我佯作羞赧地挣脱他："你再笑话我就别在这儿待了。"

忽罕邪将我转了个身，亲了亲我的鼻子，笑道："不行，不能让任何人打扰我们。"

第五章　东风无力百花残

其实，很多时候，我并不讨厌桑歌。相反，我很羡慕她。她不必思前想后地算计，不必担忧哪天自己就国破家亡，甚至不用想怎么去挣得男人的怜悯，以此稳固自己在禹戎的地位。她可以献出真心，全心全意地爱一个人，可以满心满眼都是他，不用考量任何其他东西，只是喜欢。她就像草原上最美的太阳花，炽热、耀眼，令人不可直视。

可在她愿意亲近我，愿意与我说话的时候，我的本能反应还是躲避。

忽罕邪十七岁的生辰是在今年的夏日。

我还记得过去三年里，每逢生日，他都会来我的帐子，或是骗一个果子，或是骗一本书，总之，一定要从我这儿拿点什么走才甘心。

去年这个时候，老禹戎王刚从我的帐子离开，他就进来问我要礼物，吓得我连忙将他推了出去："七王子怎么又来了？"

忽罕邪用手臂撑着帘子，俯视我，笑道："我来向姜夫人拿贺礼啊，拿不到我可不走了。"

拿不到他可不走了，这话说得活脱脱像个土匪头子。

可一想到如今我坐在他身侧，以我们齐人的理儿来讲，他不就是土匪头子吗？

忽罕邪成为新王后的第一个生辰，禹戎各部族及周边小国都极为重视，早早送来了贺礼。

只有宿庵王的贺礼直到中午宴饮之时都没有送到，连个使臣都不曾有，忽罕邪没说什么，脸色却越发难看。

太后知晓忽罕邪心中的愤怒，但也不能就此让他的兄弟难堪，便轻声对忽罕邪说道："先开始吧，别管宿庵那群人了。"

忽罕邪微微点头，他举起酒杯，站着唱了祝词。底下坐着的使者大臣们也纷纷起立，向忽罕邪遥祝敬酒。

我拿着酒杯小抿了一口，却听见桑歌的轻嗤声。我暗自叹气，不想多生事端，便当作没听见。

禺戎席间多肉食、乳茶，我吃不惯，加之孕期饮食口味改变，我变得更挑嘴。但我不愿意让忽罕邪瞧出来，只各盘吃了几口，便搁下匕首，不再吃了。

忽罕邪瞧见，俯身过来问道："只吃那么点？"

我笑着回道："妾身饱了。"

"姜夫人只吃那么一点，等会儿骑得动马、拉得了弓吗？"桑歌仰头饮尽乳茶，向我伸出手来，"我草原女儿人人都懂得骑马射箭，姜夫人既嫁了过来，可愿与我比试比试？"

我从未接触过这般直白、豪爽的女子，一时间有些愣神，忙道："妾身……不擅骑马。"

桑歌哼了一声，说："汉人就是柔弱，连马都不会骑。"

我低着头笑了笑，没说话。

忽罕邪替我解围，对桑歌抬了抬下巴："王后若要找人比试，不如找我？"

桑歌没想到忽罕邪会如此回答，面上难掩喜色，眼睛晶亮。她昂着脖子笑道："王上说话算话？"

忽罕邪点头："现在便可。"

桑歌拊掌大笑："好！那就命人牵马！我今日定要让你成为我的手下败将！"

忽罕邪自十一岁起便上战场杀敌，要说骑射，在场之人怕是没有能赢过他的。桑歌说出这种话，听着像不自量力，却带着小姑娘天然的娇蛮气，忽罕邪不禁笑了笑："好啊，备马！"

草原上的儿女自会走路便开始在马背上训练，于他们而言，骑马是最寻常不过的事，可于我而言，却比登天还难。我来到禺戎后才学骑马，那时也是为了去天山种菜。可我怕摔，每次只能轻轻地颠着前行，根本不敢让马儿跑，更别说双手脱开缰绳挽弓搭箭地比试了。

桑歌瞅准了我的弱点，又在这样盛大的场合提出来，明知我不会也不敢，却毫无顾忌地邀约，怎么看都不像她的行事风格。

我悄悄地瞥了一眼立在一边的阿雅，只见她微微侧向我，朝我笑了笑。

果然是她！啧，果然有齐人的血统就是不让人省心。

场上的忽罕邪与桑歌比试正酣。五个箭靶，忽罕邪箭箭射中靶心，桑歌也不甘示弱，射出的箭蹭着忽罕邪的箭矢刺入靶心，除了最后一靶，其余尽数中的。

在场之人无不欢呼，忽罕邪也颇为讶异，下了马，来到桑歌的马前，伸出手道："王后的骑术与箭术，真是让我刮目相看啊。"

桑歌扶着忽罕邪的手下了马，面上是云霞般的红晕，她有些不好意思又忍不住骄傲："我一直如此，只是王上从来不知道也不愿意了解罢了。"

忽罕邪笑道："是我的不是。"

二人相携回到席间。太后看在眼里，抑制不住嘴角的笑，同他们说着我听不懂的禺戎话。三人笑得开怀。

我攥着衣裙看着面前热闹的景象，只觉心头酸涩，有些头晕目眩，便转身对忽罕邪说道："王上，妾身身子有些不适，不知可否允许妾身先行退下？"

忽罕邪瞧见我脸色发白，皱了皱眉，握住我的手："怎么那么冷？玉堂，把你们夫人扶回帐子，叫曹芦来看看。"

"是。"玉堂扶着我离开。

她回头望了一眼，低声道："太后和王后就是有备而来的，公主，您在这儿孤立无援，没有靠山，她们这样也太欺负人了……"

我拍了拍她的手："忍吧。忍一忍就过去了。"

玉堂咬着下唇："从前嫁给先王时便要看太后的眼色，如今嫁给了新王不仅要看太后的眼色，还要看王后的眼色，奴婢想想就替您觉得憋屈！"

我沉默一瞬，笑了笑："那是因为阿勒奴强盛，她们无所顾忌罢了。有朝一日我们齐国也能为他人所忌惮，那后世的公主再也不用来和亲了。都是值得的，玉堂。"

玉堂不反驳，嘟囔道："可我今日看王上……好像很喜欢王后啊……"

"那是因为宿房王。宿房王没有送贺礼，摆明就是不服忽罕邪做新王，迟早要造反。齐国与阿勒奴相比，太弱小了，又与禺戎相去甚远。亲近阿勒奴，他做的是对的。"

"那我们呢？我们怎么办呀？"

玉堂担忧得五官都要挤到一起了，我笑着捏了捏她的脸颊："走一步看一步吧，现在应该死不了。我天山的菜还没吃完呢。"

"公主！"

"嘿嘿……"

直到宴会散场，其余部族的使臣离开，宿房王还是没有遣人送礼物来。

忽罕邪这几日都去了王后的帐子，我吹灭了烛火，躺在榻上出神。

曹芦此前给我诊过脉，说我近几日胎儿不稳，得静养，不然见了红，若想保住胎儿，便有些难了。

我了然于心，让她继续守住这个秘密。

曹芦有些忍不住："公主，如今孩子已有三月余，您若再不同王上说,到时候显怀了,王上必定能看出来的。再者,您若是怕阿勒奴他们,您就只告诉王上,不行吗?"

我沉默良久,还是一样的答案:不要告诉任何人。

我心中隐隐有打算,却不敢告诉曹芦,甚至连我自己都不敢想。那事却在我心中落地生根,肆意发芽、生长。

在玉堂面前坦然自若并不代表我心中真的毫无波澜。阿勒奴与禺戎本就是齐国在北边的心头大患,两国若是联姻,再联手进攻齐国,那爷爷与爹爹辛苦打下的江山怕也不足以让哥哥与他们抗衡。

我抚摸肚子:这个孩子的到来到底是福还是祸呢?

我又梦魇了。

我梦见,在齐国的宜兰殿内,玉兰花一簇接着一簇地生长,我欣喜地叫着,说要爬上去摘花。

哥哥站在我后头说:"好啊,你去吧,别怕,我在下面接着你。"

我爬了上去。玉兰树摇摇晃晃。不一会儿,狂风大作,我紧紧地抓住树干。劲风将树干拦腰斩断,我尖叫着下坠,扭头一看。哥哥却没有在树下等我,他正背对着我,怀里抱着一个婴儿,左手又揽着一位妙龄少女,渐行渐远。不管我如何叫喊,他都没有回头。

我重重地摔在地上,腹部如同被千万根针刺般疼痛。

我惊出一身冷汗，清醒的瞬间，入目是冷冽的月光和无尽的黑夜。

原来是梦，还好是梦。

我掀开被子，看了眼身下，血迹点点，所幸不多。

夜风轻柔，可我却再难入睡。

早上起床后，我将垫被收拾了一下，以月事之言搪塞了玉堂，叫人拿去清洗，又遣她去天山摘菜。

我必须让她离开我的视线。玉堂太过了解我，此前我还能装模作样骗过她一二，如今我却觉得再难演下去，只好让她多去外头走走，别老是围着我转。

帐子里太闷，我便走出去，坐在山坡上，等玉堂回来。

"姜瑶君。"

我听出是桑歌的声音，便站起来，转身行礼："妾身见过王后。"

桑歌上下打量我一眼，撇撇嘴："齐人的规矩就是多。"

我没答话，抬眼看她，只见她没带任何一个下人，只自己一人来找我。

她瞥了我一眼，又高傲地移开目光，似是不屑地问道："我问你，你是不是也很喜欢忽罕邪？"

我笑了笑："侍奉王上是妾身的职责。"

桑歌有些不耐烦："说话就不要那么绕弯子了，喜欢就是喜欢，不喜欢就是不喜欢。"

我哑然,实在不知如何对付这般女子。

"我实话实说吧,不管你是喜欢还是不喜欢,我都不会生气。一来,我是王后,忽罕邪的姬妾我必定都是要接纳、照顾的;二来,我看上的男人自然不会差,喜欢他的女人多,自然也证明我的眼光好。"她顿了顿,瞥了我一眼,"可你就有点不一样了。你本是先王的妾,按理说,先王妾室忽罕邪若是全收了;我也不会如此计较。只是忽罕邪单收了你一人,我心里就很不舒服。我知道忽罕邪宠你,我虽然不开心,但也不愿与你为敌。从今往后,我们好好相处,如何?"

我叹了一口气,只觉面前的这位王后心性太单纯,让人实在讨厌不起来:"王后言重了,您是禺戎王正妻,妾身只不过是个妾罢了。"

桑歌不耐烦地摆摆手,凑到我跟前:"我就当你答应了!"

见我默认,她脸上旋即绽开笑容,走过来挽着我的胳膊说道:"我们挑个日子,我教你骑马如何?你既来了禺戎,就不要学汉人看书了,跟我学骑马吧!好吗?哦,对了,我还可以教你怎么做乳茶。我做的乳茶可好喝了,我父王都喜欢喝!还有啊——"

我连忙打断她:"王后,妾身……不擅骑马。"

"我知道呀,我教你嘛!"

我咬牙道:"王后,妾身不能骑马。"

桑歌听我再三拒绝,放下我的手臂,冷面道:"你看不起我？"

我苦笑道："妾身没有。"

"哼，你们齐人说我们是蛮夷也不是一天两天了，你却和我说没有？"

嚯，这都被你知道了。我突然想起玉堂骂太后的话，心下忽然一惊，难不成我与玉堂私下说的都被听了去？

"你不答应也没关系，反正我是铁了心要和你和睦相处，我总会让你答应的。"

我瞧她那霸道样，哭笑不得——这到底叫哪门子的和睦相处啊！

"听见没有？"

"听见了，听见了。"

"这才对嘛！我明儿来找你骑马？"

"使不得。"

"那你来找我？"

"倒也可以。我教王后识汉字吧？"

桑歌一愣，说："还是不要了吧，太……太麻烦你了。"

我拉着她的胳膊笑道："没事，妾身不觉得麻烦，和睦相处嘛。"

第六章

行行重行行

阿勒奴又派人来，不知和忽罕邪说了什么。傍晚时分，他酒气熏天地冲到我帐子里，不说话，只盯着我。

我摸不准他的心思，将他扶到榻上。

他一把拉过我抱在怀里，疲倦地嘟囔道："最近和桑歌走得近？"

我笑了笑："王后为人宽容。"

忽罕邪捧起我的脸，反驳道："宽容？你可真敢夸她。"

我撇撇嘴，拢了拢袖子："阿勒奴人多势众，我能有什么办法？"

忽罕邪听见这话，神色黯淡下来。他低着头，目光转向另一处，烛光掩映着他高大魁梧的身躯，温暖的火光衬出他的疲态。

我忽然有些心疼他，本来跪在他身前，此刻便慢慢起身抱住他的脖颈，将他整个人圈在我的怀里。

我受阿勒奴的桎梏，他又何尝不是呢？

"他们又派人来说了什么？"我轻声问道。

沉默，无尽的沉默。

我叹了口气，是我逾矩了，我本就不该问这些。

"给我跳支舞吧。"忽罕邪拉着我的手臂，瞧着我笑，"穿你们齐人的衣服跳支舞给我看看。"

老师来禺戎时给我带了几件齐国时兴的衣裳，暗纹流利、齐整，刺绣华美、精致，布料也是难得的绸缎。我褪去禺戎的长袍，忽罕邪坐在榻上看着我。

只剩一套中衣、中裤，我回头望了他一眼，只见他半眯着眼目不转睛地瞧着我："怎么不继续脱了？"

我恼羞成怒地瞪了他一眼，转过身去拿齐国的衣裳。

只听他又在身后说道："需不需要我帮忙？"

气得我直接丢了一件袍子过去："登徒子。"

他笑得大声，全然不顾我越来越红的脸："嫁给我那么久，还害什么羞，哪里我没看过？"

这个人越反驳他越来劲，我直接不同他讲话，穿戴完毕走到堂中。

忽罕邪倚在榻上，对我招了招手："去，拿酒来。"

我吩咐下人们拿来酒和小食，问道："王上还有什么吩咐呀？"

忽罕邪朝我抬了抬下巴："开始吧，美人。"

我还是头一次听他这么叫我，失笑瞧了他一眼，便跷足、折腰、翘袖，轻轻地唱起了歌："南有乔木，不可休思。汉有游女，不可求思。汉之广矣，不可泳思。江之永矣，不可方思。"

南山乔木大又高，树下却不可以休息、乘凉。汉江之上游玩的美女，想要追求却无法如愿。汉江两岸宽又广，江水悠悠长又长，伐木做舟却不能渡江。

我唱得有些想哭，极力压抑着自己的情绪。一曲毕，我携袖掩面，只露出一双眼睛看着忽罕邪，他喝多了酒，面色酡红，微睁着眼朝我招了招手。

我顺从地走过去，靠在他的怀里。

忽罕邪温暖的大手抚摸着我的背脊，熨帖着我寸寸薄凉的心。

我忽然觉得安心。

"唱的什么？"他问。

"《汉广》。"我答。

"什么意思？"

"窈窕淑女，在水之中，求之不得。"

"游不过去？"忽罕邪喝醉酒时总是分外可爱。

我笑着捏了捏他的脸："若是游得过去，郎有情妾有意早就在一起了，还会作诗？"

忽罕邪抱着我的手紧了紧，半晌没说话，忽然又道："即使游过去了，也不一定郎有情妾就有意。"

我抿唇，没接话。

其实这首诗还有另一层意思，可我不愿与忽罕邪说——

那游女不是什么令人寤寐思服的女子，而是望眼欲穿、永远回不去的家乡。

"瑨君，我其实……想象过你的样子。"

我一愣，拍了拍他的脸，见他没有什么反应，仿佛在说梦话。

"可我一直都知道你是要嫁给我父王的。"他没有看我，神色恍惚地望着远处，"我经常能看见你……坐在山坡上看月亮，山风很大,你又不束发,头发就那样被风吹啊吹……那个时候我就一直在想,你为什么那么可怜呢?禹戎不好吗?我听说你是自愿来和亲的,那你为什么……又那么伤心呢?"

他自言自语,我静静地听着,不做任何回应。

"我说过,你既嫁过来,就是禹戎的人,想回齐国……"他顿了顿,呼吸渐平,像是要睡过去,"待我与阿勒奴打下齐国西北三城,你想什么时候回去便什么时候回去,还有……我们的孩子……"

他还在说着什么,我却什么都听不见了。

我的耳边、脑海无休止地回荡他说的那最后一句话——等他和阿勒奴打下齐国西北三城,等他和阿勒奴打下齐国西北三城……

原本因为温存而残留的悸动荡然无存,剩下的只有没顶的冰凉与绝望。

这就是妥协的代价,姜瑨君。你放任他与桑歌,就是将齐国推向悬崖。他们不会对你留一点情面,甚至会把你当成鼓舞士气的献祭品。

我静静地看着眼前醉酒熟睡的男人,瞥了眼放在几案上用来切肉的匕首。

那是忽罕邪从别处搜罗来的宝贝,因上头镶了琉璃宝石,他觉得好看便带来给我。我起身走到几案前,缓缓抽出匕首。刀刃映射出冰冷的光,我看见自己倒映在刀刃上的眼睛,突然有些不敢瞧自己现在的样子。

我有些发抖,回头看斜倚在榻上的忽罕邪——毫无戒备,平静地睡着。我只要对着他的脖颈这样一刀刺下去,他的鲜血就会喷射出来,而他不会有任何反抗的机会。

只要这样一刀,一刀就好。

疯狂的念头在我脑海里横冲直撞,我无法想象,如果禺戎和阿勒奴真的联手南下齐国,那我的齐国到底会变成什么样子?我嫁来禺戎又有什么意义?

可我杀了忽罕邪,齐国就没有威胁了吗?宿虏王不是威胁吗?他若继位,还会像忽罕邪这般迁就我、疼惜我吗?

忽罕邪,是真的疼惜我吗?

我浑身冰凉,麻木地收起匕首,抹了把面上的泪,走到忽罕邪身边。

他睡得极熟,浑然不知如今站在他面前的人方才想直接杀了他。

我替他褪去衣服、盖好被子,伏在他身上,抚摸着我微微隆起的小腹。

忽罕邪强有力的心跳声就在耳边,我的眼泪不由自主地落下来——

"汉有游女,不可求思。"

"汉之广矣,不可泳思。"

桑歌又来找我了，被我逼着学了近十天的汉字，她终于忍受不了，要拉我去草场上骑马遛一圈。

我挣开她牵着我的手，摇头拒绝。

桑歌没好气道："你为什么就是不去呢？说好的和睦相处，你反悔了？"

我不说话，回身就往书架那边走去。

桑歌不由分说地拉住我的手把我往外拖："今天你不走也得走！必须陪我去骑马！"

我被拉出了帐子。阿雅就站在边上，我瞧了她一眼，阿雅也望着我，对我恭敬行礼。

"王后，妾身真的不会——"

"哎呀，我知道，你不会骑马，所以我教你呀。"桑歌笑得开怀，她朝着下人招招手，"去，把我的黑羽牵来。"

黑羽是那日生辰后忽罕邪赏赐给桑歌的。它健硕、高大，鬃毛黑亮丰茂，据说能够日行千里，不知疲倦。

桑歌牵着缰绳，让我坐上去。

我小心翼翼地看了她一眼，她推着我的背，兴奋地道："快上去呀，这匹马我都没怎么骑过呢！"

桑歌俨然一副小孩子的模样，有什么好东西都不藏着掖着，爱与别人分享。大婚那夜的礼物如此，如今教我骑马亦如此。她向我伸出手："来吧，把手给我，我扶你上去，你别怕。"

我扶着马鞍，有些不忍心。

"快啊，把手给我。"她再次将手递到我面前。

我深吸一口气，撑着她的手坐上了马背。

"你记得抓住马鞍。"她嘱咐道。

桑歌牵着黑羽陪我沿着山坡的脊线一直走。

她回头看我："怎么样？也不是很难，对不对？"

我望着她，苦笑着点点头："对。"

"来，你自己牵着缰绳慢慢地走。黑羽很温顺的，你别怕。"她将缰绳递给我。

我接过来握在手里，双手汗涔涔的，心跳如擂鼓。

"我就在这儿跟着你，再走会儿我们就下坡吧。"

我没有答话，缓缓抬头。眼前是一望无际的草原与山丘，远处是皑皑白雪、苍茫无垠的雪山，在雪山的那头，与天际相连的是我遥望不到的家乡。

我回过神来，捏着缰绳，轻轻策动。

桑歌被我落在了后头。

她看我能够慢慢地骑着，有些开心地喊道："想不到你还挺聪明的嘛！你骑得慢一点，你们齐人不是常说，心急吃不了——等等！你，你快拉缰绳——姜瑈君——"

桑歌的声音离我越来越远。我收回刺进黑羽脖颈的银针，抱着它的脖子飞驰在山脊上，离营地越来越近。我瞅准山坡最低的那一处，又在黑羽的脖颈处扎了一针，它狂暴地嘶鸣，不停地跳跃、摆尾，意图将我甩下马背。

066

我是真的害怕啊！即使这是我能够找到的最低处，可我还是害怕啊！

营帐里的人听见声响，纷纷出来，忽罕邪也从王帐里钻了出来。我看见了他，松开了抱住黑羽的手。

好疼啊……

即便夏季的禺戎水草丰茂，可被黑羽从马背上颠下来，摔在地上那一刻，还是好疼啊，像铡刀斩断骨头，五脏六腑都被摔碎一般。

我听见人群的尖叫，视线越来越模糊，有什么温热的东西从我体内汩汩流出，好像有人将我抱了起来，可我好冷、好疼，连分辨那人到底是谁的力气都没有。

我看见了一片白茫茫的雪，爹爹坐在雪地上写字。

我走过去，蹲在爹爹身边问道："爹爹，你写什么字呀？"

他没说话，一笔一画，用树枝写出一个"瑉"字。

他问我："念念，你知道爹爹为何要给你取这个名字吗？"

"瑉，美玉也。"我回答。

"非也，瑉者，若玉之石也。"

"是石头吗？"我有些伤心。

爹爹没说话，将我揽进怀里，像小时候那般安慰我："我们念念，受苦了。"

我想哭，却没有眼泪。

"念念想回家吗？"

"想，我好想母妃。"

"可是……你如果跟爹爹走了，就再也见不到母妃了。"

不知为何，我忽然有些疼，不仅仅是心疼，浑身上下更是没一处好的。

"念念，还想和爹爹走吗？"

我说不出话来，猛地一睁眼，白雪、爹爹全都消失了，只有满屋子哭泣、忙碌的人和浓烈刺鼻的血腥味。

"公主……公主，你终于醒了……"玉堂跪在榻边，泣不成声。

曹芦满头大汗，见我终于醒来，长长地呼出一口气，眼泪再也止不住。

榻前设了兽皮屏风，我隐约看见忽罕邪的身影，有人正与他说着什么。

玉堂连忙走到屏风后，对忽罕邪说道："王上，夫人醒了。"

忽罕邪抬手向说话的人示意，匆匆转过屏风来到我榻前。他轻轻地执起我的手，说话亦不敢大声，仿佛怕把我吓跑一般："还疼吗？哪儿疼？你告诉我。"

我说不出话，连手也微微颤抖。我眼睛向下看了看，半天才说出几个字："肚子……疼……"

忽罕邪低下头不说话。他摸了摸我的头，宽慰道："没事了，曹芦说你没事了。"

我其实心里一清二楚，可我还是朝他皱了皱眉："到底怎么了？"

忽罕邪还是沉默。

我神志渐渐清明，望着他用眼神询问：我都已经猜到了，你还是不告诉我吗？

他仍旧什么话都没说，只是轻柔地吻了吻我的额头："睡吧。我晚上再来看你。"

曹芦怎么也没想到我会做出这种事情。她照顾我好几日，待我身体好转，才趁帐中无人时来到榻前问我："公主，您这是何苦？"

我双眼无神地望着帐顶，淡淡道："忽罕邪与桑歌如何了？"

曹芦低着头，喃喃道："吵了好几日了，连太后面子上都有些挂不住。公主，您若是想要离间禺戎和阿勒奴，大可用其他办法，何苦糟践自己……"

"禺戎和阿勒奴彼此之间只要还有利益，就不可能真正被离间。除非……阿勒奴想要染指禺戎继承人的位置。"

曹芦望着我，掩面落泪，一时半会儿竟说不出话来。

我摸着空荡荡的肚子，颤着声音问道："是男孩儿还是女孩儿？"

曹芦疲倦地叹了口气，说："是个公主……"

我的眼泪再也止不住。是个公主，是个小姑娘啊，还有六个月我便能见到她了，我便能看看她的模样，听她叫我母亲。可我终究利用了她，亲手杀了这个孩子。

我用被子掩住半张脸，不知是说给自己听还是说给曹芦听："我真下作。"

不管是对谁。

忽罕邪来看我，我对他说的每一句话都是精心算计过的——

"你别怪罪王后，我也是不知道。"

"王后是真心待我好，你别再和她吵了。"

"她是阿勒奴的五公主，你与她闹僵了，对谁都不好。"

我与他说了那么多，每一字、每一句都别有用心，我无时无刻不觉得自己令人作呕，那些浑浑噩噩的时光中，我记得的话里唯有一句是真真切切的——

"忽罕邪，我真的好疼。"

第七章
为君起唱长相思

我被封为左夫人了。齐国以右为尊，禺戎、阿勒奴以左为尊，那一摔虽说差点要了我的命，却让我变成位份仅次于桑歌的妃子。

忽罕邪这几日被阿勒奴绊住了脚，没能来看我，却命人送来了许许多多东西，一连送了好几日，直到我推辞才消停。

半月余，我方能下床。闷的时候，我便站在帘子外吹风。可这要是被曹芦发现，她就会拿着药气势汹汹地将我赶回帐子去。

我不敢见阿勒奴的人，不是因为害怕，而是因为愧疚。

是对桑歌的愧疚。

自我卧榻以来，她便没来瞧过我。这反倒让我安心，因为我根本不敢面对她，我不知道自己该对她说什么话、该以什么样的目光看她。她将一颗赤诚之心捧到我面前，我却将它摔得四分五裂。

我问了玉堂。她说，近几日桑歌也是郁郁寡欢，全然没有刚嫁过来时活泼。忽罕邪也不愿再去看她，每日不是往我这儿来，就是去王帐里会见大臣。

玉堂看在眼里，有一次冷不丁地说了句："公主，王上……是真的待您好。"

我望着黑乎乎的汤药沉默，苦笑道："真的吗？"他若真心为我着想，还会心心念念地想去争夺齐国的领地吗？

"他不是真心待我好，他只是……觉得现在的我尚好。他惩戒桑歌，你觉得他只是为我出气？那是因为阿勒奴威胁到了他，而我……只是个契机。宿虏王在西边蠢蠢欲动，忽罕邪需要阿勒奴的帮助，却又不愿意阿勒奴过多干涉。在他们看来，桑歌害我失去孩子，是阿勒奴理亏，要想继续维持阿勒奴和禺戎的关系，阿勒奴要么再送一个公主过来，要么就是……帮忽罕邪一起攻打宿虏王。"

玉堂蹙眉："可桑歌是阿勒奴最受宠的五公主啊……"

"最受宠？"我笑了笑，"我以前也是啊，可如今呢？阿勒奴不会替桑歌辩解，亦不会替她来讨伐我。维持和禺戎关系最有效的方法，就是再送一个公主过来。"

小时候与哥哥一同学习，这些事情我从来没看错过。但是事实出乎我的意料。

阿勒奴没有舍近求远再送一个公主过来，而是直接让阿雅做了忽罕邪的妃子。

我听见这个消息的时候差点昏过去，我本来已打算，不管阿勒奴送谁来，我都愿意主动结交，可让阿雅做妃子直接把我的后路都给断了。

阿雅虽不是齐人，但不管是行事作风还是言谈举止，都实在太像齐人，她绝不是像桑歌那样好对付的。

我郁闷极了。

以至于忽罕邪来找我时，我根本没有心思理睬他。

他见我趴在床上不声不响，走过来拍了拍被子："怎么了？别这样闷着，起来说话。"

我爬起来，垮着脸看着他，不说话。

忽罕邪其实很了解我，比如我的一个眼神、一个表情，他都能很快感知我的情绪与想法。可有时候，他又猜不到我真正的想法。

我一直很奇怪，他到底是真的猜不到，还是不愿意去猜呢？抑或是猜到了，但是……不愿意说呢？

"因为阿雅的事情生气了？"

我直言不讳："嗯，很生气。"

忽罕邪见我耍性子，朗声笑起来，一把抱住我，摔倒在榻上。他没有松手，只是一下又一下轻柔地拍着我的背，好似哄小孩子："无论阿雅是不是妃子，她都会一直留在这里。"

我窝在他的颈间，蹭了蹭："我知道啊，可她是侍女与她是妃子，这不一样。"

忽罕邪仿佛想引导我说出什么，问道："有什么不一样？"

我哼了一声，坐起来打他："明知故问。"

忽罕邪来了劲，又拉着我躺下，在我耳边轻声道："我真的不知道。"

去你的吧，我都听见你笑了！

我转头看他的眼睛，只见他也望着我。我感觉眼睛有些酸涩，侧身抱住他道："她会给你生儿育女吗？"

听到这句话，忽罕邪不禁低声笑了起来。我已经够难堪了，他还笑我，我决定不理他。

可他却在我的耳边轻声说道:"那你愿意吗?"

我听得心头一跳。忽罕邪的手钻进我的衣衫,他一边亲吻我,一边低语:"身子怎么样了?"

我紧紧地抓着被褥,咽了咽口水,抖着气声道:"曹芦说……最好再歇息一阵。"

忽罕邪停了手,埋在我胸前长长地叹了一口气,正要起身。我却一把抓住了他,眼睛瞥向别处,仿佛自言自语:"但是……好像也差不多了……"

忽罕邪抬头看我,用手指弹了一下我的脑门:"逗我很好玩?"

我笑看着他:"对啊,禹戎的王在他人面前不苟言笑,就在我面前这样,我难道不得趁此机会多占几下便宜?"

他没说话,好半晌与我额头相抵,轻声道:"对,我也就在你面前这样。所以瑨君,我们就这样过一辈子吧,好吗?"

忽罕邪的眼睛很好看,是不同于齐人的浅色瞳孔,像琥珀又像琉璃。我初见他时便惊讶,心想,这天底下怎么会有人的眼睛那么好看呢?有鹰隼的锐利,有狮鹫的凶狠,也有望着我时的柔情蜜意。我笃定他是爱我的,可我也笃定他不仅仅只爱我。

宿庨王最近动作频繁,又吞并了他封地周边的小部落,如此下去,禹戎西边的地盘怕都要变成他的囊中之物。

忽罕邪好几日没能合眼。我让玉堂做了一些吃食,准备送到他的王帐去。我以为帐中就他一人，可掀起帘子便看见他和阿雅站在舆图前，说着我听不懂的话。

他们听见声响回头，看见我时，神色都微微一滞。

忽罕邪走过来接过我手中的食盒，又捏了捏我的手，微微蹙眉道："禺戎冬季晚上寒凉，你身子又刚养好，还是少出来走动。"

我福了福身子："妾身明白，王上早些休息，妾身告退。"

我要走，忽罕邪却不松手，他轻声道："别多想，早些睡吧。"

我不知为何笑了出来，抬眼对上他的眼眸，微微点头："妾身明白。"

其实我今日前去王帐，是想告诉他，我好像又有身孕了。曹芦来看过我，说得再等几个月才能确定，我知道她是对我先前的所作所为心有余悸，才不愿意告诉我，想直接告诉忽罕邪。可我偏偏不让她得逞，我就是要第一个告诉他。可阿雅在场，我不得不把话咽回肚子里。

最终，还是曹芦和玉堂通报，他才知道这件事。

忽罕邪将我抱在怀里，温暖的手贴在我的小腹上，脸颊轻轻蹭着我，低声道："答应我，这次一定要好好的。"

我坐在他的腿上，抱住他的脖子，点点头："嗯，妾身一定保护好这个孩子。"

忽罕邪将头埋在我的发间，深深地吸了一口气，说："过不了多久我便要去西边了,我会让阿莫留下来,再给你一支队伍任你差遣。一定要平平安安地等我回来,不要让我担心,好吗?"

我认真地回答他:"嗯,一定。忽罕邪……"

"嗯?"

"你一定要看着这个孩子出生,还有六个月,你就当父亲了……"

忽罕邪抚摸着我的脊背,哄道:"你放心,我一定会回来的。"

新年还未过,宿房王便在西边称王了。我细细一算,距离先王的祭礼只有几日,一时间,竟不知该说他是孝顺还是忤逆。

忽罕邪的这个哥哥跟他一样,从小被父亲带在身边,共商国是,共战沙场。我曾不止一次听他讲起他和宿房王的事情,儿时的他们也如所有的寻常兄弟般,打闹、吵架、闯祸,到最后握手言和,重归于好。可如今兄弟阋墙,刀剑相向,我不知道忽罕邪心里是怎么想的,是愤怒多一点还是悲哀多一点?

忽罕邪集结了东部各大部落,他身后又有强大的阿勒奴支持,此去讨伐,应是能胜的。

可我……还是很担心他。

我有一枚自小佩戴的玉牌,是当年母妃向阴阳家学者求来的——儿时体弱多病,汤药伴身,父母四寻方士未果,终求得一位阴阳家大师问诊。他说我乃水命,一生恐难逃飘游奔波、流动无定的日子。然玉石属金,而金生水,公主姓名有石,只要身戴玉牌,玉石俱全,便能降灾祸,化险为夷。

一些大臣对阴阳方士等人的言论甚是鄙夷反对,但他们又不得不承认,我的身体自佩戴玉牌后,确实一日好过一日了。

忽罕邪临行前夜,我将玉牌摘下来给他,他却不要。

他说:"沙场上刀剑无眼,我早就习惯了,我只担心你。这东西既然这么奏效,你就自己留着。"

我攥着那枚玉牌,还是想给他戴上:"那你就平安回来,把这个东西还给我不就行了?"

忽罕邪望着我,长叹一口气,终是接受了:"好。"

群山绵延,大雪纷飞,天地洁白一色,我与一众大臣妃子立在风中目送他们远去,直到黑压压的军队消失在群山白雪之间,我们才离开。

我和桑歌已经很久没有交集了,今日她只是瞧了我一眼,连句话也没有同我说。

阿雅望着我们两个,悄悄地走到我身侧。

我侧首瞧着她,只见她笑了笑:"左夫人别担心,王上此去,定将凯旋。"

我不愿与阿雅多说,只是笑了笑。

人群散去,走着走着,只剩我们二人。她又说:"姐姐这胎,一——定——要好好将养啊。"

我停下脚步,看着她,她亦看着我。

"妹妹可不希望姐姐再出事了。"阿雅笑道。

我垂着眸,也笑了:"多谢。此前之事,我仍旧心有余悸,这胎必定会更加小心谨慎。"

阿雅没再说话,行了礼便告退了。

我望着她远去的身影,哼了一声。我说什么?这个女人就是来对付我的!

前线不断有捷报传来,忽罕邪将宿房王逼得一退再退,直到宿房王躲进北河谷地,忽罕邪不想被他引诱进去,只好在外驻扎,以待他法。

我本来还担心忽罕邪的计谋会不敌年长他五岁的哥哥,可如今看来,我的担心是多余的。他虽才十七,但毕竟是帝王,若心中无城府,怎么能够稳稳当当地坐在那个位子上呢?

日子一天天过得还算平顺,因我先前的事情,周围的人变得更加小心谨慎,不愿靠近我半分,唯恐再出差错。是以自忽罕邪离开后,我的帐子里冷清极了,连个愿意跟我说话的人都没有。

阿莫看我实在是憋坏了,便抓了只兔子给我玩。我很喜欢,便邀他和我们一起吃饭。

阿莫虽说长得人高马大,但害羞得很,我一叫他,他反倒不敢和我说话了。

这倒让我惊奇。自我来到禺戎,还没见过这样的人呢!

我一让玉堂去拉他,他就躲。这下可是激起了玉堂的兴趣,直接拉着他的手走到炉灶边："哎呀，我们夫人可没那么多规矩，如今也没人会来我们的帐子，别拘礼了，一起吃吧。"

阿莫拗不过我们，向我和玉堂道了声谢，端起碗来吃了几口，眼里忽然亮起惊喜的光。

我笑了："怎么样，味道不错吧？"

阿莫点点头，用生硬的汉话回道："好吃。"

"马上就到夏天了，等天山下的果子熟了，配上牛乳，会更好吃呢！"玉堂献宝似地炫耀。

阿莫望了她一眼，问道："我，能，吃吗？"

玉堂听着他生硬的汉话，笑了出来："能啊，到时候一定记得来向我们公主要。"

阿莫看着玉堂骄傲的笑容，有些不好意思地挠挠头，继续扒着碗里的饭。

我的眼神在他们俩之间扫了一下，问道："这几日……我怎么没看见阿雅出来？"

玉堂也感到奇怪："对啊，若按往常，她必定会帮着王后来询问一下。"

我瞧着阿莫，问道："有什么事我不知道？"

阿莫啜嚅了一下，抬头瞧了我一眼，欲言又止。

"说吧，我迟早会知道。"我心里有了猜测，只是需要证实一下。

阿莫放下碗筷，思索了一下，缓缓道："孩子。"

玉堂愣了一下，慢慢缓过神来。她猛地回头看了我一眼，我倒是心情平静，继续问道："几个月了？"

"四个月。"

我算了算，恰好是忽罕邪离开前的日子。她瞒得还挺好，连曹芦和玉堂都不知道。

玉堂看着我的神色，不知该如何开口。

我朝他们笑了笑，道："看我做什么？禺戎后继有人，不应该开心吗？"

二人噤声，吃饭，我却什么都咽不下去了。

我怀胎将近十个月时，双脚肿得连路也走不了。

禺戎又到了雨水季，整天没日没夜地下雨。我头脑昏昏沉沉的，不管是躺着、站着还是坐着都不舒服，总感觉有东西压迫我的胸腔，让我呼吸不顺。

前些日子，前线送来战报，说忽罕邪与宿庑王皆在北河谷地失踪，手下的士兵们群龙无首，即使遇见对方，也不知道是打还是不打。

北河谷地山路崎岖，又碰上丰水期，河谷的水流湍急，一不小心被水浪卷走都是有可能的。玉堂担心我的身体，不想让我操心太多，不愿告诉我过多的细节。可她越不愿意和我说，我就越担心，越担心，夜晚就总是梦魇，辗转反侧，睡不踏实。有时还会做噩梦，惊出一身冷汗。

曹芦来看我,说忧思过多于胎儿不利,便给我开了药方,又让我在玉堂的陪伴下多外出走动。

我虽担忧,但也知道事情的轻重缓急,如今快要临盆,顺顺利利生下这个孩子才是要紧的事情。

可有时候老天爷就是不喜欢看人顺利,这些日子以来我本就难熬,他还要和我开玩笑。因难得碰上天放晴,我想叫玉堂陪我去山坡上散散步。可还没等喊她,我就不小心滑了一跤,从帐外的阶梯上摔了下去。

这可能是我怀孕以来帐前最热闹的时候。

小腹坠痛,我浑身抖得连话也说不出来。

曹芦往下看了一眼,舒了口气,说:"胎位正,不怕不怕,没事的公主。公主,您放心,有我在,您不会有事。"

"疼……"我浑身湿透发冷,下一瞬又如在锅炉中翻滚灼烧,下身仿佛被撕裂,全身痉挛不止。

玉堂往我嘴里塞了布团,一边替我擦汗一边嘱咐:"公主,千万别喊,留点力气给小王子,您坚持住。"

我努力地呼吸着空气,紧紧地攥着被褥,嘴里的肉都快被我咬烂,可孩子就是出不来。

"曹娘子,这……这是怎么回事……"

我眼神涣散,曹芦紧紧攥着我的手:"公主,王上快回来了,您坚持住。"

忽罕邪……要回来了吗？他会回来吗？如果他回不来了，那我该怎么办？我们的孩子又该怎么办？

一直以来的担忧与苦楚化作辛酸，眼泪倾泻而下，我竟有些使不上力气。

曹芦焦急地喊道："公主，奴婢求求您，您再坚持坚持。小王子还在您的肚子里，小王子还在您的肚子里啊，公主。"

孩子……我伸手摸了摸自己的肚子，那个圆鼓鼓的肉团，是生命啊，是我的孩子啊。

我一把扯掉布团，半起身，咬牙用力。

头晕目眩，一口气屏到了天灵盖。

不知过了多久，就在我快要虚脱时，一声响亮的啼哭在我耳边炸开，伴着帐外齐鸣的号角，忽罕邪满身血气地冲进了帐子。他连战甲都没有换，我双眼模糊，看见他战袍上的血迹，眼泪再也控制不住："你怎么……才回来啊……"

忽罕邪轻轻地将我抱起，接过玉堂拿来的干净被子盖在我身上，又吻了吻我汗湿的额头，小声道歉："对不起，我来晚了，让你担心了。"

我累得说不出话，也哭不出来，眼皮慢慢合上。

忽罕邪的胳膊一紧："瑨君，你看看我，瑨君。"

"王上，夫人是累了，您别担心。"

忽罕邪松了口气，缓缓将我放回枕上。他摘下脖间的玉牌，重新给我系上："安心睡吧，我回来了。"

我是真的撑不住了,只在闭上眼的前一刻隐隐约约看到曹芦抱着洗干净的孩子笑着对忽罕邪说:"王上,是个健康的小王子。"

我给忽罕邪生了长子,忽罕邪给他起名叫"图安"。宿虏王谋逆,被忽罕邪斩于马下。可他却没有将宿虏王的部族赶尽杀绝,甚至将宿虏王的孩子送了回去。只是回去的不是宿虏王那些已长大的王子,而是王妃刚刚生下不久的仍在襁褓中的婴儿。

那些被宿虏王蚕食的部落,忽罕邪也给他们重新划分了土地。

即使宿虏王妃的母族再强大,要重铸辉煌,也只能等这个婴孩长大。可他们能等到这个孩子长大吗?等他长大了,他们还会那么强大吗?宿虏王和其他王子死了,周边部落积压在他身上的怨气会就此消失吗?

怀柔与强硬并施,既收买了周边部落的民心又给宿虏王留了一条后路不至于让人说他狠辣、绝情,与此同时又能让他们互相制衡。

我竟不知忽罕邪已如此老谋深算。这不禁让我担忧,我此前做的一切,他到底是真的不明白还是假装不明白呢?

忽罕邪双喜临门,各部落送来不少贺礼。他将我召去王帐,将贺礼尽数摆在我眼前,我要什么他就给我什么。有的东西,我不过多看了几眼,他便让人把它们都搬到我的帐子里。

我只好出声制止："不要了，够了。"

忽罕邪抱着我叹道："远远不够。瑂君，你不知道我有多开心。"

我无奈地笑了笑，也抱住他，问道："阿雅有身孕，你也那么开心吗？"

忽罕邪捏着我的鼻子："你们齐人说的那句话……叫什么'哪壶不开提哪壶'。"

我轻哼一声松开他，从贺礼中拿起一把琵琶："我只要这个。"

"会弹吗？"他笑着问我。

"会啊，我母妃当年就是因为琵琶弹得好，我爹爹才那么喜欢她。"

忽罕邪走近我，调笑道："好啊，你若弹得好，我也喜欢你。"

"呸！"我啐了他一口。

忽罕邪大笑着叫下人拿酒来。我出了月子，身子也休养好了，他便邀我共饮。

我喝不了太多，他倒是喝了不少。可我看着看着，竟觉得有些不对劲。

"忽罕邪，别喝了。"我起身去夺他的酒瓶。

他没让我得逞，只一把揽过我的腰，让我整个人跌在他怀里。

我不明所以:"忽罕邪?"

他放下酒盏,没有说话。

我从他的怀里直起身来,捧着他的脸问道:"怎么了?"

他忽然一笑,看向我道:"没事,我很开心,瑁君。"

"我看不出来你很开心。"我实话实说。

他沉默,神色晦暗。

我隐隐约约察觉到什么,轻声问道:"宿虏王死了,你其实……很难过,对不对?"

他不说话,只细细摩挲着我的手,良久才回答:"哥哥长我五岁,小时候我觉得他做什么都好、做什么都厉害。如今……他是真的比不过我了。"他将头别向另一边,不让我瞧见他的正脸。

我揽住他的脑袋,亲吻他的发心,轻声宽慰道:"缘尽于此罢了。"

他抹了下脸,无奈地笑了笑,将我的手扒拉下来,重新抱住我,笑道:"哪轮得到你来安慰我?"

我没有反驳,也没有和他争执。在他人眼中,他是顶天立地、力挽狂澜的王,可我知道,他只是一个十八岁的少年郎啊。

他也才十八呀。

第八章　惶惶叹伶仃

阿雅生了一个女儿，小姑娘粉雕玉琢的，我看了都喜欢。只是因为先前的事情，我也没去多她那边走动。听说忽罕邪也喜欢这个小姑娘，给她取名叫"缇丽"，意为草原上最美的花朵。玉堂说，阿雅趁机为王后说了许多好话，忽罕邪虽没表态，但还是去了桑歌的帐子。

　　我听到这个消息并不惊讶，禹戎和阿勒奴不可能就此分道扬镳，但只要能在他们心里留个疙瘩，我那一跤就没白摔。

　　我听说寻常人家的孩子中有刚出生极爱哭的，可我的图安却乖巧，白天就爱睁着大眼睛看人。刚长出两颗门牙时，像只小兔子，他也不害羞，看见喜欢的人便冲对方笑个不停。连向来不待见我的太后将孩子抱去后都不舍得再还回来，一定要等到孩子饿了哭了才舍得抱回来。

　　玉堂和阿莫时常陪在我身边，两个人轮流照看孩子。

　　玉堂自不用说，换尿布、喂食、哄睡都得心应手，用她的话讲，那便是皇后娘娘派她来我身边的时候就已经打算让她陪我一辈子了。

　　阿莫就不一样了。这个在草原上长大的汉子，打小被教育的是骑马射箭、舞刀弄枪。图安一个小小的婴孩，抱在他的怀里只有他一条手臂那么长，吓得他动都不敢动。

　　玉堂见状总喜欢笑他，让他抱着孩子站着，她自己打扫帐子。我在一旁看着，也忍不住偷笑。

　　下人通报说忽罕邪一会儿来看我，我遣玉堂去做饭，又将孩子从阿莫手里接过，吩咐道："阿莫，替我摘一些草喂兔子。"

阿莫动作极快，不仅摘了一大把青草，还将上面的露水擦拭干净。

我抱着孩子坐在榻上向他招招手，又指了指榻边几案上的笼子道："替我喂一下吧。"

"是。"阿莫恭敬地行礼，将青草放在几案上，一根一根地抽出来喂兔子。

我看兔子可爱，抬手去摸它。

帘子忽然被掀起，忽罕邪走了进来，看见这情形，微微一愣。

我和阿莫一同起身行礼："王上。"

忽罕邪瞥了阿莫一眼，扶起我，看向几案上的兔子，问道："什么时候抓来的？"

我将孩子放回摇篮里，替他脱去外裳："几个月前你在外打仗，我怀着身孕，没人愿意同我闲话，阿莫就替我捉了一只兔子解闷。"

忽罕邪垂眸看着还跪在地上的阿莫，声音里没什么情感："挺好，你下去吧。"

阿莫如释重负，长长地呼出一口气，退到帐外。

忽罕邪一把抓起兔子的耳朵端详，兔子受了惊吓，双腿在半空中乱蹬。我有些害怕，连忙抓住他的手："你做什么？"

忽罕邪瞧了我一眼，放下兔子，直接凑上来吻住我。我被圈在他的怀里，避无可避，只得默默承受。他的吻似乎带着点怒气，牙齿时不时报复性地咬我的嘴唇。我被弄得来了脾气，一拳捶到他的肩膀上。

忽罕邪放开我，与我额头相抵，好半晌才道："玉堂也该嫁人了吧？"

我心头一紧，支支吾吾道："她才十六，不急。"

"阿莫二十，该娶妻了。我看他们二人很般配，挑个日子办礼吧。"

我抓着他的衣襟，手有些抖："玉堂出嫁……我怎么办？"

忽罕邪笑了："什么怎么办？她仍是你的丫鬟，只是年龄到了，该办的事，我们也得记着。何况……"他顿了顿，"等明年开春，我要派阿莫去西边历练，这个事情还是早些解决吧。"

玉堂没拒绝，她本不喜欢禺戎男子的蛮劲，难得阿莫合她的眼缘，她也是欢喜的。阿莫知晓此事后日日来看玉堂，有时带一束花，有时带些新奇的小物件，总能讨玉堂欢心。

图安一天天长大，衣服不耐穿，我总是要缝缝补补。寻花样子时，忽然翻出我嫁来禺戎时穿的喜服，大红色礼服上绣着乘风而去的仙鹤，是母妃为我绣的。我还记得我出嫁那日，母妃因不得送嫁，只能将对我的不舍一针一线绣进这衣服里。我掐指一算，明年正是母妃四十岁生辰，便决定为她绣一幅"寿"字让禺戎的商队帮忙送过去。

早早安顿图安睡下，我拿起炭笔开始描样子，连忽罕邪何时进来都不曾察觉。

他从后面拥住我，问道："在做什么？"

我吓了一跳："画花样子呢。"

"寿？"

我点点头："我母妃……来年便四十了，我没法孝敬她，所以想绣个东西给她。不知可否让商队帮我带过去？"

忽罕邪沉默良久，我又忙道："我记得你先前和我说的话，我不会再见齐国的人了，只是……母妃生我养我，我有些挂念她。"

忽罕邪执起画纸，叹了口气，说："白日里图安可闹你？"

"图安很乖。"

"夜里绣字伤眼睛，我派些人手过来帮你带孩子，你专心做自己想做的事吧。"

"不必了。"我不喜欢禺戎的人围着我，是以嫁过来这么长时间，贴身侍奉我的就玉堂一人，连曹芦我也不让她常来。

"我明天就遣一些人过来，今日早些睡，明早再做吧。"

忽罕邪望着我，那眼神让我无法反驳。

我无法违抗他，只得默默接受他给我安排的侍女。他将兔子拿了去，说是畜生扰人，等我将东西绣好再问他讨要也不迟。

我知道我惹他不开心了，但事已至此，这"寿"字我是一定要给母妃送去的。

玉堂的婚事定在来年开春，办完后，阿莫就要启程去西边了。我不忍心他们新婚燕尔就此分离，可又不希望玉堂离我而去，两相矛盾，思量不出办法，只好将此事暂且放一放，等明年开春再说。图安已经学会让人扶着走路，我有时教他说话，他咿咿呀呀地回应我。

一日，玉堂匆匆跑来告诉我，齐国派来使者恭祝忽罕邪喜获麟儿、平定西部。

我兴奋地站起来，想着如何接见，可转念想到忽罕邪的禁令，顿时萎靡。

手头的"寿"幅已绣得差不多，我也认命了，无所谓见不见吧，只要有人能将东西送到母妃手里便好。

可这东西，我终究没有送出去。

自互市以来，齐国、西域、禺戎和平相处，一改曾经剑拔弩张的态势，三方协调，各自都赚了许多钱。是以齐国使者此次前来，带了不少贺礼。

其中也有专门给我的。

玉堂知道忽罕邪对我接见齐国使者十分介意，便让我待在帐中，她替我去拿使者带来的东西——是一只纸鸢。

使者来访，竟只给自家公主送来一只纸鸢？

我有些惊奇，直到我看见上头的笔迹与文字，我才知道为何只是一只不起眼的纸鸢了。

——天涯若比邻,何处非吾乡?

我沉默地看着纸鸢上的字,望了眼玉堂,问道:"今日是谁前来?"

"是刘皇后的族弟刘勉。"

我的手渐渐发冷:"老师呢?"

"卢侯……自去年回去后,身体便不大好……"玉堂说话时有些哽咽,眼泪簌簌而下。

我蹙眉道:"老师怎么了?只是身体不大好吗?"

看她这样子,事实明显要比她说得严重。

玉堂"扑通"一声跪下,掩面哭泣,什么话都说不出来。

我的心提到了嗓子眼,连忙蹲下抓住她的胳膊:"老师怎么了?你告诉我啊!"

玉堂摇头:"公主,不是卢侯……是……是太妃娘娘。"

我的东西没有送出去,是再也送不出去了。

齐国使者的队伍绵延千里。我望着他们行走在草原山水之间,慢慢地、一步一步地走向我再也回不去的地方。山风猛烈,丛草摇曳,我立于山坡之上,手里攥着齐国皇帝给我送来的纸鸢。

"天涯若比邻,何处非吾乡?"

他是不想让我回去了啊。也是,妹妹们都嫁人了,爹爹、阿娘都不在了,我还回去做什么呢?

山风吹得眼睛干涩,我却没流下一滴泪。纸鸢在我手中飒飒作响,是齐国初春玉兰树上的燕子,分外惹人怜爱,可注定不属于禺戎这样广阔的草原。

我撒开了手,纸鸢被劲风席卷着飞上高空,漫无目的地盘旋,又被另一阵风裹挟着越吹越远,直至消失不见。

走了也好,走了也好,从今往后没有什么留恋,我也能安心地待在这儿。一年、两年,我无法适应这个地方,那五年、十年、十五年,我总会忘记曾经那个贮藏我所有美好记忆的地方,直至最后老死、病死,我都不会再记起了。

玉堂将图安抱去了曹芦处,将帐子留给我一个人。空空荡荡的帐子,不比曾经的宜兰殿宽敞,却比曾经的宜兰殿还要冷清、寂寞。我一个人蜷缩在榻上,用被褥紧紧地掩住自己。就此开辟的天地,让我可以肆无忌惮地发泄。

我不知道忽罕邪是什么时候来的,我只知道,在见到他的时候,我的眼泪再也忍不住了。我伏在他的肩头,好似要将曾经所有的委屈与思念尽数发泄出来——

"我没有阿娘了,我已经没有爹爹了,现在连阿娘都没有了……

"我只想回去,回去给他们磕个头。

"忽罕邪,我只想回去在他们的陵墓前磕个头。"

我只想给他们磕个头。

忽罕邪看着我,没有说话,良久才道:"还是想家?"

我抹了把泪,摇摇头:"不想了,从今往后,都不想了。"已经没有可以思念的人了,我再想回去又有什么用呢?

忽罕邪揽着我的腰,吻去我眼角的泪珠,轻声说道:"那就安心待在这儿吧。"

我错开脸颊,撇着嘴没好气地说:"你以前就这么说了,还用玉兰花骗我。你这个骗子,没有什么玉兰是用种子种出来的!"

忽罕邪一愣,又问道:"那……是用什么种的?"

这一问,我倒是也傻了,"四体不勤、五谷不分"说的就是我这样的人吧。我支支吾吾道:"嗯……树?"

"那我让商队去齐国帮你找玉兰树,带回来种。"

我怀疑今日的忽罕邪喝了酒,不然为何会那么可爱?我捧着他的脸,叹了口气,说:"傻瓜,我……我不要了。"

从齐国到禺戎,要经过边境的雪山、西域的沙漠,还有禺戎的崇山峻岭和广袤的草原,即使能送到这儿,那些树也早就枯了吧。

真傻,今日的忽罕邪真是傻。

我看着他,他亦看着我,可他定是没有发现我在心里是怎么编排他的,不然他也不会一脸惊喜地望着我,说道:"你当真不要了?"

我垂眸点头:"嗯,不要了。"

忽罕邪笑着将我揽进怀里，碎碎念道："好啊，禺戎也有许许多多其他的花，你若喜欢，我每日都让人摘一些送过来，不比齐国的玉兰差。"

我笑了，眼泪却是止不住，只一个劲地点头："好啊，好啊。"

忽罕邪真的说到做到，自他答应我的那日起，我帐子里的花就没有断过。即使是冬天，他也会让人在暖帐里种花、浇水，只要一长成就往我住的地方搬，颇有种周幽王为博美人一笑而烽火戏诸侯的样子。

这样的恩宠，我实在无福消受，便推辞了以后所有的花，什么都不要了。

忽罕邪倒也没有强求我，只是停了几天后，我的帐子里又多了一样东西——那只被我丢掉的纸鸢。它被狂风卷得七零八落，却又被拼贴起来，就那样凭空出现，挂在我帐子的墙上。

我呆愣地看了半晌，叫来玉堂问这是怎么回事。

"是王上差人送来的。"

"忽罕邪？"我讶异。

他素来不喜我与齐国有任何瓜葛，竟会将我丢掉的齐国信物拾回来拼贴好？

当夜，他来我帐子，我实在忍不住便问了他。

忽罕邪面上有些微妙，他不愿多说，只简简单单道："你既不要玉兰了，作为补偿，这个纸鸢，你便留着做个念想吧。"

我没想到他会这样做，心中忽然柔软，鼻头微酸，声音颤抖道："多谢。"

忽罕邪认真地看着我："你既已做了决定，便要信守承诺，可以吗，瑢君？"

我懂他的意思，没有反驳，只是点了点头。

玉堂和阿莫的亲事是我第一次操办婚礼，我尽力将自己最好的东西都给玉堂做嫁妆，当年陪嫁的金镶玉镯也被我放进了她的行囊。

玉堂想要推辞，我不允："你十二岁便跟着我到这苦寒之地，这是你应得的，一定要收好。"

玉堂笑我："公主，玉堂即使出嫁了，也是待在您身边的，这东西还不是要您替奴婢保管？"

我摇摇头："你跟着阿莫去西边。"

玉堂愣住了："西……西边？"

"对，你走后，我会让曹芦顶替你的职位，安心地跟阿莫走吧。"

"为何啊公主？是玉堂……玉堂哪里做得不好吗？"她抓着我的手，急出了泪。

我安抚她："不是你做得不好，而是你太好了，我不想把你一辈子绑在我身边。阿莫是忽罕邪器重的人，你跟他去西边能见识到更多的东西，而不是像我一样，只能待在这儿。何况若是阿莫以后建功立业，你又是他的正妻，好日子就都在后头哪。"

"可玉堂在这儿陪着公主不行吗？玉堂在这儿陪着公主，也是他的正妻啊……"

我叹气，说："傻瓜，禺戎和我们齐国不同，我们妻妾嫡庶分明，他们却是有平妻的。阿莫如今待你好，那你如何能确定你们分开久了还能如现在这般恩爱呢？你们对彼此的感情，我都是看在眼里的，我不想你们就这样分开了，你明白吗？"

"那……公主，您，您怎么办？"

我笑道："我有什么好担心的？你还是照顾好自己吧，小迷糊。"

阿莫和忽罕邪都没有想到我会放玉堂走。

成亲之时，阿莫朝我叩拜三下，郑重道："多谢，夫人。"

我笑看着他们，只嘱咐道："你只要待玉堂好些，我就放心了。"

他们离开的时候，我还是如常站在山坡上，望着他们的背影消失。只是这次不同，忽罕邪陪在我身边，看着我。

"既然不舍得，为什么还要送她走？"

"再不舍得，也不可能留在身边一辈子的。"

他没说话，牵着我的手沿着山脊慢慢走着。上一次这样与忽罕邪一起散步，好像还是做先王妃子的时候。

那个时候的忽罕邪真是不怕死，不管我在做什么，他都会来找我，不管我怎么躲他，他都不避嫌。有时候我偏不待在帐子里，往外走，我就不相信光天化日之下他还能再来缠着我。

事实是我看错他了,他真的敢。这下好了,吓得我直接在山坡上跑起来,边跑边劝他:"七王子,你回去吧,我求求你了还不行吗?"

忽罕邪就在后面追着我,边跑边笑,他竟然还笑!

"姜夫人怎么见到我就一直跑呢?我又不是什么洪水猛兽。"

你不是洪水猛兽,可你比洪水猛兽可怕多了!这要是让你爹看见了,死的是我,又不是你!

不知为何,想起以前的事,我没忍住,笑了出来。

忽罕邪看着我,也笑得眯起了眼睛:"是不是想起了什么?"

我看着他:"你也是?"

"唉……以前没心没肺的,只想和你在一处,却不知道给你带去多少麻烦。"

我转身环住他的腰,笑道:"现在不就好了?"

忽罕邪的下巴蹭着我的头顶,他也抱着我,我能听见他胸腔里的心跳声,"咚咚,咚咚"。

他畅然:"是啊,如今你不仅是我的左夫人了,还是我孩子的母亲。"

我笑了笑,没说话。

"以后……就一直待在我身边吧,瑢君。"忽罕邪亲吻我的额头,"哪儿都不要去了,好不好?"

我不知该如何作答。点头吗?我难道真的放下了齐国的一切吗?我真的真的不想回去了吗?解忧在她生命的最后时光能回故里,我当真一点都不羡慕、当真一点心思都没动过吗?可难道要我摇头吗?我在这里的依仗,除了图安,只有我面前的这个男人。他如今是爱我的,可若是当他发现他所爱之人并不想留在他身边一辈子,他还能一直待我如初吗?

我喉间干涩,没能说出完整的句子,只是默默点了点头。

忽罕邪也没有说话,只是凝视着我,将我拥入怀中。

曹芦从我的随嫁医女变成了我的贴身侍女,我实在不喜禺戎的人天天看着我,因为我知道她们并不会向着我。

当初那只纸鸢,若不是她们禺戎人告诉忽罕邪,他也不会知道得那么清楚。

玉堂时常来信,信中除了说她和阿莫的生活,还向我描述西边的人情风貌,有时还会寄来一些新奇的小玩意儿,顺便给我讲讲这些小玩意儿的故事。

玉堂去西边的第二个年头有了身孕,我高兴得一宿没睡着,起来替她收拾东西,大清早就让人往西边送。

这下可好,忽罕邪看我帐子空了,就又搬了好些东西来填。我无奈,便就此作罢,不再给玉堂寄东西了。

这年桑歌生了一个女儿,这地方总算是热闹了起来,安安生生地过了几年日子。

阿勒奴却不太平了。

阿勒奴单于是太后的父亲、桑歌的爷爷，年纪大了缠绵病榻，手底下正值壮年的儿子便不安宁了。阿勒奴暗潮汹涌，即使已定了桑歌的父亲左谷蠡王继位，其余王子还是蠢蠢欲动，私底下龌龊肮脏的事没少干。大人难算计，小孩子却不是。我从曹芦那儿听来消息，说是未满三岁的王室子弟已经病死好几个了。

这些事情听得我背脊发凉，即使阿勒奴之事如今还波及不到禺戎，但每每看见图安，我还是不由得心慌。

忽罕邪来找我，说阿勒奴要送一个孩子过来，是桑歌的弟弟。

我皱了皱眉，问道："留后？"

忽罕邪点头。

"阿勒奴的情形已经恶劣到这个地步了？"

忽罕邪不说话，只是沉默。

我叹气，说："孩子无辜，到我们这儿来，也算是能够保住一条命。"

忽罕邪还是没说话，只是看着我。

我感觉有些不对劲，蹙眉问道："怎么了？还有什么事？"

忽罕邪低下头，没看我。

我又细想了想，盘算道："我们接纳阿勒奴王子，阿勒奴答应十年内每年供草料、粟米万石，牛、羊、马等牲畜千匹，余下还有宝石、香料……"我越说越觉得不对劲,我们替他收留子嗣确是大恩一件,但这里毕竟还有孩子的姐姐,这样的回礼是不是太厚了?

我有些紧张:"你是不是……还答应了别的?"

他看向我:"是。"

我不敢往下猜测:"是什么?"

"兵力支持。"

这几年禹戎在忽罕邪的带领下,修马政、铁政,又改以往将位世袭的规矩,让平民出身的杰出人才封侯拜将。是以禹戎的军队勇猛异常,周边小国乃至阿勒奴都不敢轻易挑衅。如今他们不仅不敢挑衅,竟还要稍稍倚仗了。

我猜到了什么,抖着声音问:"孩子在我们这儿,军队也由我们派出,主动权皆是由我们掌握,他们真的放心、真的相信?"

忽罕邪想要伸手拉我,被我一下躲过了。

我冷声质问他:"你还答应他们什么了?"

他不说话,神色晦暗不明。

我证实了心中的猜想:"你……互易质子?"

我不可置信,几乎是嘶吼出来的:"你选了图安?还是他们阿勒奴选了图安?"

"我不允许!"即使我的理智一遍又一遍地告诉我,不能和忽罕邪吵架,不能和他吵架,可我就是忍不住。

图安才五岁啊，他才五岁啊！

我死死地盯着他："忽罕邪，你为了十年的纳贡，你……"

"不是为了纳贡。"他的手掌紧紧地箍着我，"左谷蠡王送来的是未来的继承人，是阿勒奴未来的继承人。他在跟我们签生死状，瑶君。阿勒奴想要吞并禺戎的野心从来没有消减过，可左谷蠡王这样的心思比其他王爷要弱得多。我不是害图安，我是在帮他。阿勒奴说了，我们可以自己带护卫过去，他们是不敢动图安的。"

"继承人？"我泪眼婆娑地看着他。

忽罕邪将我抱在怀里："对，图安，就是图安。"

我想要挣开他的怀抱，却半分动弹不得："你把话说清楚。"

忽罕邪在我耳边轻声说道："我想要图安继承我的位子。"

"可他是我生的。我一个齐国公主，你不怕他将来心向齐国？"思及此，我灵台忽然一片清明，我懂了，我哭笑着问他，"你想让图安做禺戎王，但你不愿让我教他，你怕我不管教什么都是对齐国好，所以才要把他送到阿勒奴去，对吗？齐国人生的孩子让阿勒奴养，等他长大后，他无法选择是完全依靠齐国还是阿勒奴，所以他会完完全全替禺戎着想。"

忽罕邪沉默，良久才说："图安还是你的孩子，不会是阿雅或者桑歌的，你别怕。"

我笑了："我的？那我只想把他留在我身边，不可以吗？"

忽罕邪没有放松怀抱："瑁君，我想让他继承我的位子，所以我必须想得长远。你是他的生母，等他坐上我的位子，你可免去许多灾祸，若不是他坐上我的位子，你还想再嫁给谁？"

我浑身一震，不自觉地冷笑出声。是啊，我已是二嫁之人了，二嫁也就算了，一身侍父子，难道以后还要再嫁给忽罕邪的其他儿子吗？

忽罕邪知道自己说错了话，他张口还想再说什么。我没给他机会，一把推开了他："送走吧。"

忽罕邪欲言又止："瑁君……"

"我说，送走吧。"

第九章　已就长日辞长夜

这是我和忽罕邪第一次吵架，曹芦都有些手足无措，可知道事情的原委后也不知道该如何劝我，只能沉默地陪在我身边。

图安五岁，已知晓一些事理，亦能感知到我郁郁寡欢。他时常抱着我的腰，腻在我的怀里同我说话："阿娘，你为什么不开心呀？阿娘吃饭饭了吗？阿娘是不是饿了呀？阿娘要不要吃饭饭呀？"

我不敢回应图安，我怕我一说话，眼泪就要掉下来，就只是抱着他，一遍又一遍地抚摸他的脊背哄他："阿娘没事，阿娘没事，图安一定要乖啊。"

这个时候，图安总是会蹭着我的脖子，像毛毛虫一样拱来拱去："图安一直都很乖呀，是不是呀，阿娘？"

我将他抱在怀里，不让他看见我满面的泪水。

阿勒奴送来的王子才七岁，比图安高不到哪里去。他不言不语，沉默地看着这里的每一个人。虽说桑歌是他的姐姐，但是他出生的时候，桑歌已经嫁到禺戎了，这二人一面都未曾见过。

这孩子害怕，紧抿着唇，警惕地看着我们。他身边的人蹲下与他说了几句，把他朝我们推了推。

他走了几步，回头望了一眼。所有人都定定地看着他，催促着他快走，别犹豫。

我在他身上看见了图安的影子，怎么也忍不住，转身就回了帐子。

图安还在帐子里玩我从齐国带来的积木，看见我回来，朝我嘿嘿一笑："阿娘。"

我走过去抱住他，眼泪再也止不住："阿娘在。"

"阿娘，你怎么哭了呀？"图安还替我擦眼泪，往我怀里挤了挤，"阿娘不哭了，图安会乖的……"

傻孩子啊，到如今还以为是自己的错。可你又有什么错呢？

忽罕邪走了进来，我连看都不想看他一眼。

他走到我身边，向图安张开双臂："图安，到父王这里来。"

"父王——"图安看见忽罕邪，异常地喜欢撒娇，松开我就要去他那里。

我一把拉住图安，不让他动弹。

忽罕邪神色暗了下来："瑁君。"

我不看他："忽罕邪，他才五岁。"

"即使他才三岁，那也是我忽罕邪的儿子。"他从未用这样的语气同我说过话，"我禺戎的男儿就该顶天立地，而不是永远躲在母亲怀里。"

他沉默了一瞬又道："何况，他以后将成为我。"

"那万一……"我想说什么，可又害怕说出口。万一他们对图安不好呢？万一左谷蠡王保不住图安了呢？万一……万一我再也见不到他了呢？

忽罕邪看我没有反应，又喊道："图安，到父王这里来。"

图安不明所以地望着我们，童言无忌："父王，阿娘，你们不要吵架……"

忽罕邪瞧了我一眼，对图安笑道："我们没有吵架，你什么时候见过父王和你阿娘吵架了？嗯？"

"嘿嘿，父王最好了！"

"那父王送你去一个好玩的地方好不好？"

"什么地方？"

"图安从来没去过，那地方和禺戎一点都不一样。你不是老想去外面玩吗？父王就让你去外面玩，好不好？"

"好！那阿娘会和我一起去吗？"

"阿娘就在这儿等你，图安一定要回来啊。"

"父王、阿娘在这里，图安一定要回来的呀。"

"嗯，我们图安真乖。"

可笑，堂堂禺戎王竟要诓骗自己的孩子才能让他"心甘情愿"地去阿勒奴。

直到他们要启程时，图安才反应过来有些不对劲，小脸垮了下来，想走过来找我。

我实在不忍心，刚抬起脚就被忽罕邪拦下："该启程了，带大王子上路吧。"

忽罕邪安排的人必定是可靠的。可当我看见图安哭喊着从马车里伸出身子找我时，我的心如同被撕裂一般。

忽罕邪紧紧地抓着我往回走，边走边说："别回头，瑁君，不许回头。"

我将近一个月没有理忽罕邪，即使我的理智告诉我不能和他吵架，可只要一强迫自己去找他，我就难受得头痛欲裂。

可让我没想到的是，阿勒奴的那个孩子竟然来找我了。他端着新鲜的乳茶来到我的帐子里，恭恭敬敬地行礼道："姜夫人。"

我艰难地朝他笑了笑："秩颉怎么来了？"

秩颉在我面前放下乳茶，有些不好意思地挠挠头。

我真是傻了，这孩子哪懂汉话，便改用禹戎语同他说道："你自己做的？"

"姐姐做的，说送来给您尝尝。"

"桑歌？"

"姐姐说姜夫人伤心，让我多来陪陪您。"

我长叹一口气，摸了摸他的脑袋："替我多谢你姐姐。"

秩颉将乳茶往我面前推了推："姜夫人，您尝尝。"

果真还是女人了解女人，这孩子来我帐子里走了一遭，我的心情倒是好了不少，只是还有些不悦，并不愿意去理睬忽罕邪。

之前他来过几次，可见我不想见他，便识相地不再来烦我。不知是桑歌还是阿雅对他说了什么，他今日竟是掐准了时间趁我要睡觉时来的。

曹芦一看如此，连忙退出帐子，只留下我们二人。

我不说话，自顾自地背对着他解衣裳。他也没喊我，就在我身后脱衣服打算睡觉。我咬着牙,膝行到榻的另一侧,将枕头和被褥都扔了下去,转头也不理他,就自己掀开被子钻了进去。

忽罕邪还是没同我说话,他竟真的理了理被褥,直接躺在了地上。我无奈地深吸一口气,又起身去吹蜡烛。帐子里一下子变暗,我的眼睛还没能适应,往回走时不知踩到了什么,一个踉跄险些摔倒。

"小心。"他扶了我一把。

暮秋的夜里总是有些冷的,可他的手很温暖。我撇嘴哼了一声,甩开他的手,自己摸上了榻。

月光照在帐顶,我望着那一束白光出神,怎么也睡不着。忽然,身侧传来窸窸窣窣的声音,被子被掀开,一个人钻了进来。

我有点想哭,却忍不住跟他闹脾气,挪了挪身子想远离他。

忽罕邪一把将我拉回去圈在怀里,温热的气息吹在我耳边:"璟君,你的手好凉啊。"

我咬着嘴里的肉,委屈地哭了出来,想推开他,却被抱得更紧。

"璟君,你还生我的气?"他的手包住我的手,一寸寸温暖着我,"别生气了,你知道我这么做到底是为了什么。"

我就是因为知道才那么难受,若是有充分的理由,我大可痛痛快快地与他吵一架,哪会像现在这样别扭僵持着?

他转过我的身子,亲了亲我的鼻尖:"别哭……你难道不想我吗?"

我抹了把泪,倔强说道:"一点都不想……"

他轻轻笑了一下:"我不信。"

"就是不想。"

"可我很想你。"

我心头一颤,转过脸去看他,黑夜中,他的眼睛仍是明亮的。

他用手肘支起上半身,墨黑的长发垂在榻上,低头来吻我。我本就不想躲,便闭了眼。可半天还未见动静,一睁眼发现他就这样看着我笑。

他轻轻捏着我的脸,说道:"不想我?"

我被戏弄得羞恼到无地自容,一下子钻进被窝,踹了他一脚:"去,你的被窝在地上呢。"

忽罕邪抢过我的被子,将我牢牢地箍在怀里:"这天上地下哪有做王上的睡地板?我就睡这儿,你把我的东西扔地上去了,我就跟你睡一床被子,枕同一个枕头。你们齐人不是有个成语叫'同床共枕'吗?夫妻不就是要同床共枕吗?"

我啐了他一口:"呸!不要脸。学了点皮毛就天天在我面前现眼。"

他笑了一下,用被子将我一整个裹了进去:"对,我就是不要脸了。"

我又有了身孕。可这个孩子比我以往怀过的那两个都闹腾,

111

还没满三个月,我就已经吐得什么都吃不下了。

忽罕邪问曹芦我们那边有没有什么偏方可以治,曹芦有些为难地回道:"王上,妇人害喜孕吐在所难免,可若是要得什么偏方根治,那是不可能的。不过,您放心,奴婢一定会好好照顾夫人的。"

可忽罕邪还是不放心,常常来看我,又不敢留宿。他这样来回折腾,我看着都累,便规定他三日才能来一次。

头三个月他倒是执行得很好,一过三个月,他就由着自己的性子来了,我也懒得管他。只是月份越大,越觉得累,此前不管是头胎还是怀图安的时候,我都不曾有这样的感觉。

曹芦也奇怪,说我才二十四岁,本不该如此。她有些慌,怕我以前折腾自己而伤了根基,便更加小心谨慎。

直到怀孕六个月时,我的肚子大得像是快要临盆,她才反应过来:"公主,您莫不是……怀了双生子?"

我听见这话也惊讶,摸着肚子难以置信:"不可能吧……"

"可……可奴婢看这肚子……"曹芦随我来时也年轻,自己亦没有生养过,要如此照顾我也着实难为她。

我开口劝道:"不碍事,不管是双生还是单个,我们都小心些。"

忽罕邪那儿的消息可是灵通,我早上刚同曹芦说完,他中午便知晓了,便急急忙忙赶来,再三询问过后,一掌定论:"就是双生子。"

我反驳："万一不是呢？"

他笑着将我揽到怀里："我说是就是。"

我起了逆反心，故意和他对着干："那就只生一个给你看看。"

他笑着抱着我："好啊，那我倒要看看，是我说得对还是你说得对。"

好吧，是忽罕邪说对了。

不不不，应该是曹芦说对了，不是他说对了。

曹芦医术精湛，又悉心安排我每日饮食、活动，是以即使这胎是双生子，我反倒比生图安时还要顺利。

忽罕邪就等在帐外，听见孩子的哭声就冲进了帐子。

是一儿一女。

他开心得有些手足无措，不知该是先去抱女儿还是先去抱儿子。临了，他还是先来看我，替我擦了擦汗，满足地叹道："太好了，瑁君。还疼吗？"

我轻轻地喘着气，其实最疼的时候已经过去了，可面对他，我还是忍不住说道："疼，还累。"

他有些心疼地微微蹙眉，替我掖了掖被角，柔声道："好好休息，想要什么就都跟我说，我都给你去找来。"

我抿了抿嘴，那我要图安回来可以吗？这句话在我嘴里百转千回，还是被咽了回去。看着那两个红通通的小家伙，我却想起远在阿勒奴的图安,可我不能说。

我只能说:"那我要天上的星星,你也帮我找来?"

忽罕邪笑了,拉着我的手:"好啊,等你的身子养好了,我们找个晴朗的夜晚去月牙泉看星星。"

"那我还要月亮,还要太阳,还有——"

"姜瑂君。"他发现我在逗他,佯作没好气地喊了我一声。

我没忍住,看着他近在咫尺的脸,哧哧地笑了起来。

听曹芦说,是男孩儿先出来的,所以这双生子便定了兄妹。哥哥叫楼夏,妹妹叫娅弥。

我望着怀里娇娇小小的姑娘,说道:"给娅弥起个小名吧,就叫遥遥。"

忽罕邪倒是随便我,只是曹芦听见这个名字,神色有些异样。

遥遥,遥遥,这一声声呼唤的,到底是什么呢?

楼夏和娅弥会走路的时候,总喜欢跟在秩颉后头跑,还喜欢爬到他的脖子上骑大马。秩颉倒是好脾气,全然不嫌弃他们,只要他们去找他,他便乐意带着这两个小孩子去外头玩耍。

娅弥虽小,但是开口极早,不到一岁便"哥哥""哥哥"地喊秩颉。

我哭笑不得地纠正她:"遥遥,你要叫他舅舅。"

"哥哥!"

"舅舅。"

"哥哥！"

我长叹一口气，将楼夏抱到她面前："这才是你哥。"

娅弥望着楼夏半晌，突然咧开嘴，指着楼夏道："舅舅！"

我无语：……这孩子长了反骨吧！

秩颉虽说与我同辈，但从年纪来看，确实与我的孩子相仿。秩颉不在意娅弥如何喊他，我也就不再纠正了。

比起刚来禺戎时的拘束与谨慎，近几年秩颉倒是变得活泼、健谈起来，还乐于与人交际。有时，我带着孩子们在山坡上散步，能看见他和缇丽骑着马聊天。二人笑语晏晏，十分开怀的样子。

缇丽长得十分像阿雅，眉目虽淡，却有种别样的温婉，长发浓密卷曲，如同墨玉一般光泽耀人，笑起来脸颊两旁有一对甜甜的酒窝，让人想把目光从她脸上挪开都不能够。

禺戎女子不喜束发，缇丽就将头发披在背上，山风吹起，发丝迷了她的眼。她抬手想把碎发拢下去，秩颉却是快了一步，他伸手将缇丽的长发别到她耳后，静静地看着她。

缇丽望了秩颉一眼，有些羞涩地低下了头。

娅弥和楼夏几乎同时问我："阿娘，哥哥、姐姐在做什么啊？"

我倒吸了一口冷气，一手抱一个往帐子走去："是你舅舅和你姐……"说到一半，我也说不下去了，咬了咬舌头，决定以后绝口不提此事。

可没过多久，一日，娅弥"噔噔噔"地跑来我的帐子，气喘吁吁地跳上床榻，在我脸上"啵"地亲了一口。

我惊讶地笑道："这是怎么了？你父王又给你什么好东西了，那么开心？"

娅弥甜腻腻地钻进我的怀里，又亲了亲我的嘴巴，撒娇道："喜欢阿娘，好喜欢好喜欢阿娘！"

娅弥虽然是个小姑娘，却远不像楼夏喜欢抱着我撒娇。今天这一出倒是让我惊奇，我拉开她，问道："你父王到底又给你什么了？"

她歪着脑袋说："没有呀。是我看见了哥哥、姐姐这样，我就问他们为什么要这样。他们就告诉我，亲那个人就说明自己喜欢他。阿娘，遥遥喜欢您——"

这事我本来是不想和忽罕邪说的，可事态到了这个地步，我实在是憋不住了。

寻了他心情极好的一个晚上，我旁敲侧击地问道："忽罕邪，我问你，若是阿勒奴要我们嫁一个公主过去，你可愿意？"

忽罕邪正坐在榻上看公文，听见这话瞥了我一眼，细细想了半晌，道："得看是谁，遥遥绝对不行。"

我悬着的心并没有放下，又问道："如果……是要嫁给……嫁给……"

忽罕邪放下公文，拉起我的手道："你是想说缇丽和秩颉的

116

事，对吗？"

我一口气差点没上来。

他笑了笑："他们的事，阿雅早就同我讲了。秩颉喜欢缇丽，缇丽也喜欢他，二人年龄相仿，等缇丽再长大些，便可随秩颉一同回去了。"

"可是……"我欲言又止。

忽罕邪看着我，说："可是他们不同辈，你是想说这个，对吗？"

我点点头。

"瑠君，这儿不是齐国，齐人那些繁文缛节，我们可没必要遵守。秩颉与缇丽一无血缘关系，二无舅甥之实，年龄相仿，两情相悦，有何不可？"

我尴尬地笑了笑，一时间竟不知如何反驳，心中自嘲：也是，我自己都这个样子了，哪还有资格去管别人？

秩颉与缇丽得到了长辈的认可，亦定下了婚期。等到秩颉能够回阿勒奴了，缇丽便会跟着他一同去。

我去给阿雅道贺的时候恰好碰见桑歌，正想着怎么离开比较体面，就被桑歌一把拉进了帐子。

从秩颉来安慰我开始，我就想着如何才能和桑歌冰释前嫌。

可若真要说冰释前嫌，又不像，因为在我看来，一直都是我对不起她。可是在她看来，好像一直都是她的错。

她拉着我，与我说了许许多多的话，只有最后一句我记得最清楚："从前是我不好，一直没能向你道歉，过去这么些年，不知你心里……是如何想的？"

我如何想的？我如何想的？错的一直都是我，不是你啊，桑歌。你竟然问我是怎么想的？

而我只能朝她笑笑："那些事都过去了，妾身并不记恨您。这事儿……真的不怪您……"

只见桑歌笑了起来，拉着我的手道："那我们就算和好了？"

我眼中酸涩："嗯，和好了。"

阿勒奴单于到底是没有撑过今年冬季，左谷蠡王因为有忽罕邪的支持，顺利地坐上王位。在那儿保护图安的人也寄来了书信，说一切都好。

我看见那封信时，竟然激动得有些拿不稳。

娅弥问我为什么哭，我说："你哥哥可以回家了，遥遥。"

"我哥哥？"娅弥惊讶，"是那个自小待在阿勒奴的哥哥吗？"

我点头："对，就是他，他叫图安。遥遥要记住哦，你大哥叫图安。"

秩颉十九岁时带着十七岁的缇丽回了阿勒奴。这孩子在我们这儿待了整整十二年，缇丽亦是我看着长大的，若说舍得，那才是假的。

可孩子一天天长大,总有要离开的一日。

阿雅替缇丽准备了华美的喜服,那是她一针一线绣出来的。

她摸着缇丽的脸颊,眼中隐隐有泪:"阿勒奴是母亲的故乡,那边有你的祖父、叔伯,有你的亲人,也是你的家,不要害怕,安心地跟秩颉去吧。"

时光流转,此情此景,不知为何,我竟然想起了父亲。

"念念,爹爹不想骗你。禺戎苦寒,人情风俗与齐国大相径庭,你此次前去,怕是永远都回不来了。你再也见不到父母,见不到兄弟姊妹。但是你记住,你所做的一切,都是为了大齐,为了大齐的黎民百姓。他们会记得你,即使有一日你不在了,他们还是会记得你为大齐所做的一切。所以不要怕,也不能怕。"

犹记十五岁和亲那日,我也是披着母妃为我做的嫁衣,走上了一去不复返的道路。

缇丽坐上了马车,随着秩颉一同离去。

娅弥看了眼我的神色,挽住我的胳膊喊道:"阿娘……"

我揉了揉她的脑袋:"阿娘在呢。"

"我还能再见到缇丽姐姐吗?"

我叹了一口气,说:"缇丽姐姐去了阿勒奴,要再见到她,就很难了。"

"那……遥遥以后也会这样吗?也要嫁人吗?"

楼夏瞥了她一眼,嘲讽道:"你嫁得出去?"

娅弥踢了他一脚："你还娶不进来呢！"

我笑着搂着他们两个："好啦，你们两个小家伙，年纪不大，想得那么远。"

娅弥努努嘴，一下子扑进我的怀里，隐隐有哭腔："阿娘，遥遥不想离开您。"

我长叹了一口气，抚摸着她的脑袋："好，好，那就一直待在阿娘身边，哪儿都不去吧。"

楼夏和娅弥还小，虽说缇丽出嫁惹得他们伤心了一会儿，可小孩子心性一会儿便好了。

我也没工夫继续沉浸在嫁女的怅然里，因为阿勒奴传来了消息——图安，要回来了。

第十章

故人心尚尔

我的图安，我曾想过很多种他长大以后的样子，可我没想到他竟然跟忽罕邪长得那么像！

不是我生的吗？为什么一点都不像我？

我还记得小时候的他，那双眼睛还是极像我的，怎么长大了反倒不像了呢？

我站在山坡上，看着他骑着马带着身后浩浩荡荡的队伍一路走到我面前。

长大的少年郎啊，眉似钩，眸如星，鼻梁英挺，常年习武让他高大又健硕，浓密的长发编成一撮撮小辫子垂在背后，间或以银饰翠珠装点，俊朗非常。

我强忍着泪水，将楼夏和娅弥推上前去："去，去见见你们哥哥。"

图安气势迫人，只轻轻地瞥了他们一眼，楼夏和娅弥就有点不敢上前了。

"去啊。"我催促道。

"哥……哥哥！"娅弥连忙叫完，又跑到我身边，抓着我的手臂偷偷看着图安。

娅弥的任务完成了，只剩下楼夏还颤颤巍巍地站在那儿，被迫接受图安上上下下的打量。

忽罕邪拍了拍楼夏的后脑勺，笑道："小子胆儿那么小，回去吧，我有事跟你哥交代。"

楼夏如蒙大赦，赶忙朝图安行了礼就跑回到我身边。这一对双生子一边一个，抓着我的手臂，像看陌生人一般看着图安。

我长长地叹了一口，摸了摸他们的脑袋，对图安笑道："今晚记得来阿娘的帐子里吃饭，天山脚下的果蔬丰收，阿娘让人采了许多回来，今晚阿娘亲自下厨。"

忽罕邪听见这话也来了兴致："好啊，图安回来了，今晚，我们一家人就好好聚一聚。"

这怕是我这么多年以来最紧张的时候了。

曹芦一边帮我打下手，一边劝道："公主，您别转了，这汤快好了。"

我还是停不下步子，绕着帐子一圈一圈地踱步："曹芦，你说图安这孩子现在喜欢吃什么？以前爱喝牛骨蔬菜汤，在阿勒奴待了这么些年，不一定爱吃了。唉……都怪我没问他，你说，万一这些菜他不爱吃，那该怎么办？"

娅弥不知道什么时候来到帐子里了，对着咕咕冒热气的汤咽了咽口水："阿娘没事，哥哥不爱喝，遥遥爱喝！"

我拧了拧她的脸蛋，气不打一处来："吃吃吃，就知道吃。连帮忙都不会！"

娅弥揉着脸努努嘴："哼！哥哥不在的时候，阿娘就天天念叨，现在哥哥回来了，什么好的都是哥哥的。遥遥不开心了！"

我无奈地看着她，心头一软，忙走过去哄她："好了，好了，遥遥乖。你哥哥好不容易回来了，我们不得给他接风洗尘吗？"

"那……那我也要喝这个汤！"

我大笑起来，今儿个高兴，看谁都可爱："好——给你喝！"

今天的阵仗确实有点大了，菜码全部上齐的时候，连我自己都有些怀疑到底吃不吃得完。但没一会儿这烦恼就烟消云散了。

三个孩子都是在长身体的时候，吃什么都风卷残云，一点都不留下。

尤其是楼夏和娅弥，几乎是争抢着吃完每一盘菜，吓得我直接虎口夺食，把仅剩的一盘摆到图安面前。

忽罕邪无奈地道："那我呢？"

"你天天都吃，让给孩子又怎么了？"

忽罕邪无语。

图安却很乖巧，不争不抢，将菜又端到饭桌中央："给弟弟妹妹吧，我不饿。"

我微微一愣，娅弥却一下子瞅准了时机，瞬间抢夺，一边往嘴里塞，一边不忘朝楼夏炫耀："嘿嘿嘿，你动作没我快！"

我沉默地看着他们三个，忽然起身，强忍着情绪："阿娘去看看还有没有什么东西，再做几个菜出来。"

我逃跑似的出了帐子，立在夜风中，再也忍不住泪意，捂着脸哭了起来。

忽罕邪也走了出来，慢慢地从身后拥住我："孩子只是长大了。"

我泣不成声，摇了摇头："图安以前不是这样的，他一定是在阿勒奴过得太苦了……"

惭愧、内疚、自责，所有积压了十几年的情绪涌上心头，让我的眼泪怎么也止不住。

忽罕邪长叹一声，将我转了个身抱在怀里："每个人都有自己的命运，于图安而言，这并不是坏事。他总有一日要坐上我的位子，那他的心里就不可能只有他自己，抑或……这么一个小小的家。"

我还是忍不住对图安好，我想把此前欠他的全部补偿给他，或是送一堆糕点过去，或是送一双毡毛暖靴。往往都是他遣人来道谢，他自己却从不过来。我知他心中怨我，是以更加难受，更想要百般地对他好。

可没想到，有一日我又送了东西过去，来的不是图安的随从，而是娅弥和楼夏。

我惊讶道："你们俩怎么过来了，不读书吗？哎？给你们哥哥的东西怎么在你们这儿？"

"阿娘偏心！遥遥也要这样的红皮靴子！"

我叹了一口气，说："阿娘会给你做的，你先把这个给你哥哥送去。快去。"

娅弥笑了："哥哥自己来了，阿娘自己给哥哥吧。"说罢，她牵着楼夏的手就钻出了帐子，把图安推了进来。

我忽然紧张，立马从榻上站了起来，有些结巴："图安，你……你怎么来了？喝水吗？还是乳茶？还是要吃别的？"

"阿娘。"

他一喊我，我心肝颤动，眼泪就流下来了。

"阿娘，不要忙了，我不渴也不饿。"

我边点头边拭泪，这是我十月怀胎生下的孩子，天知道我等这一声"阿娘"等了多久。

"阿娘。"他又喊了我一声，扶着我坐下，"您给我的东西，我都有好好收着。您……"

我看着他，眼泪根本止不住。他连忙抬手来给我擦。

在孩子面前哭，真是太丢脸了。我推开他的手，自己擦："阿娘没事。你说吧，有什么事。"

他沉默了半晌，咽了咽口水，像是做了重大的决定，猛地抬起头说道："阿娘，图安不怨您了。若说以前当真怨过您狠心，但如今看见您这副模样，是再也恨不起来了。没有一个母亲愿意在自己的孩子五岁时，让他离开自己。图安知道您也舍不得……阿娘，对不起……是图安一直想不明白，让您难受了那么久……"

"傻孩子，该说对不起的是阿娘啊！"我一把将他拥进怀里，即使这孩子已经高出我许多，可在我怀里，他还是个孩子。

娅弥和楼夏惊叫着从帐外冲进来，一下子扑到我们俩身上。

"和好啦，和好啦。阿娘再也不会哭啦！遥遥真厉害！"

"你说什么呢！这主意是我想的！怎么又变成你厉害了？"

"就是我厉害！就是我厉害！你看见大哥连话都不敢讲，腿肚子还打战，要是没有我，你的方法能奏效？大哥连你讲话都听不清！"

"你……阿娘，你看她！这个样子，以后谁还愿意娶她？"

我破涕为笑，打了三个孩子脑袋一人一下："吵什么吵！等你们父王来了，你们也这样吵，看他不教训你们！"

图安无辜地道："阿娘，我什么话都没说……"

楼夏和娅弥笑着吐了吐舌头，撒娇地抱住我和图安。

我看着怀里三个长大的孩子，头一遭觉得老天爷待我不薄："你们三个啊……都是阿娘的宝贝，一个都不能少。一个都不能少。"

图安回来恰好赶上忽罕邪三十五岁生辰。三十五，我替他绾发时忽然想起这个数字，不由得一笑。

他一愣，看向镜中的我，问道："笑什么呢？"

"你三十五了，我都三十六了。"我替他簪好发簪，看着他镜中的容颜，"日子过得可真快啊，一转眼，我都嫁来二十余载了。"

忽罕邪笑了，将我拉进他怀里，坐在他腿上。

我靠在他的胸膛上,听他说话:"是啊,都二十年了。孩子们也都长大成人了。"

"是啊,都长大了……"我喃喃道,却又忽然觉得不对劲,缓缓起身看他,"你……是不是要给图安择妻了?"

"你先相看着,我们不急。"他又将我拉回去,"今日不仅各部落的大臣会来,阿勒奴,还有西域一些依附于我们的小国,都会派人来。"

"那我就先看着,我……我还不知道怎么做婆婆呢。"我有些为难,谁让图安是长子,前头一个有经验的人都没有,唯一有经验的一个人如今身体也不好,还特别不待见我。

"那你去问问我娘。"

"哪壶不开提哪壶!"

"哈哈哈——所以我们不急,左右我还想让图安再磨炼几年,这事先放放。"

"好。"人生有了新的目标——找儿媳妇,这倒是让我感觉新鲜。

忽罕邪沉默一瞬,又说道:"还有……"

"还有什么?你不会要给遥遥找夫婿吧?还是楼夏?他们俩还太小了,才十二呢!"

"不是这件事。"

"那是什么?"

忽罕邪看着我,想探究我的神色,好半晌才淡淡道:"齐国……也派人来了，是大皇子姜祁玉。"

很久以后，我偶然想起这天才忽然发现，若是齐国没有派人来，那么再给我一点点时间，就一点点，我或许就可以忘记曾经的种种，或许就真的有可能成为"他乡之人"。

可是他们没有给我机会。

我跟在忽罕邪和桑歌身后去接见来宾。

姜祁玉翻身下马，拱手行礼："见过王上、王后。"

忽罕邪点点头："辛苦大皇子舟车劳顿来此，请。"

姜祁玉笑如朗月入怀，一双眼眸清澈如水，举手投足间清风盈袖，淡香浮动。

他望见了我，询问道："这位……是姜夫人吧？"

我抬眼看他，他的眉目很像姜褚易，可整张脸又像刘姐姐，温和敦厚，如玉雕琢。

忽罕邪望了我一眼："正是。"

"姑母。"他恭恭敬敬地朝我行礼。

我屈了屈膝，以齐礼回之："大皇子。"

一行人落座，我仍旧坐在忽罕邪的左侧，图安坐于下首，紧挨着姜祁玉。

楼夏和娅弥早就跑去马场挑选马匹，因此前忽罕邪告诉他们，谁要是能在他的生辰宴上赛马得第一，他就允他们一个承诺，要什么都行。这可把娅弥高兴坏了，她做梦都想去外面看看，不管是西域还是中原，只要能出禺戎，她就乐意。是以，她把哥哥姐姐们全都说服了，真要比赛的时候，他们千万不可上场，禺戎就只有她和楼夏上场。

楼夏从小不善骑射，就爱跟在我后头读书，这赛马绝对是赢不了娅弥的。若是有齐国或者西域小国的人要出来比试，娅弥有信心将他们比下去。谁让她是忽罕邪的女儿呢？

果不其然，忽罕邪告知将要举行比赛时，禺戎这边的孩子里只有娅弥兴致勃勃地走出来，笑着对忽罕邪说："父王，我要参加！"

忽罕邪早已看出这孩子使了坏主意，故意逗她："好啊，可是就你一个人，你怎么比呀？"

娅弥一愣，一记眼刀飞向楼夏，吓得楼夏立马撇开目光。

"还有楼夏呢！"

"我不去！"

娅弥急得走上前来拖他，轻声撒娇："哥哥，我还留着阿娘给我的果子没吃呢，我都给你吃！"

楼夏有点妥协："真……真的？"

娅弥疯狂点头："我什么时候骗过你？"

我看楼夏的样子本来是想答应的，可一听见娅弥说这话，又赶忙摇头："我不吃了。"

"楼夏！"娅弥气急败坏。

"娅弥公主。"姜祁玉施施然起身，朝她拱手道，"若公主不嫌弃，在下倒是可以与公主比试一番。"

娅弥松开楼夏的脖子，站定，看着姜祁玉："你会骑马？"

姜祁玉笑道："父亲对我们兄弟姊妹都很严苛，不仅是我们男儿，连我的妹妹们都要学习骑射。想来……在下也不会让公主失望。"

"公主。"又一人站了起来，是西域乌善的王子，他朝席上鞠了鞠躬，又对娅弥说，"在下也愿意给公主助兴。"

本来还怕没有对手的娅弥，一下子多了两个对手。她朝楼夏哼了一声，转头对忽罕邪道："父王，就让他们两个和我比！"

忽罕邪望着堂下的两个少年，笑了笑："来人，备马。"

我算是体会到了一家女百家求的感觉，只是在我心里，娅弥还小，这事我根本没想过。可没想到的是，有些事不是你做打算就会发生，你不做打算它就不会发生。

几圈比下来，娅弥赛得酣畅淋漓，乌善的王子和姜祁玉都是有眼力见的人，让娅弥赢了，却没有让她赢得很假。

娅弥兴奋地在马背上欢呼，一扭头就将头上的珠环甩进了草丛里。她摸了摸自己的脑袋，撇了撇嘴，十分不开心。

我叹了口气，心想，这小妮子越大，心性越发不稳重，等她过来，我必定要好好教训一番。

姜祁玉看了娅弥一眼，策马往回走。他定睛瞧了瞧草丛，翻身下马将那珠环拾了起来。他朝着娅弥招招手。

娅弥看清他手中的物件，兴奋地下马跑了过去。

"谢谢。"珠环失而复得，她眼中亮晶晶的，如同夜里璀璨的星芒。

乌善的王子也下马来到他们身边。

三个人并肩而立，有说有笑，恰似一幅《少年游春图》。

我望着他们，心中欣慰，却也觉得孩子们渐渐长大，自己青春不再，红颜易老。

我瞥了眼忽罕邪，只见他微蹙着眉头，嘴唇紧抿，似是不悦。我顺着他的目光看去，他望着的是那个从遥远齐国来的大皇子——姜祁玉。

我心中有些烦闷，向忽罕邪告了理由，独自一人离席。

在席外转了几圈只觉得索然无味，我便想回帐子里去歇着，却碰见了躲酒的姜祁玉。

我看着他，笑了笑："禺戎的酒是不是太烈了？"

姜祁玉无奈地点头："虽说来时已做了准备，但还是没想到竟能这么烈。他们太热情了，我出来躲躲，一会儿便回去。"

我望着他，细细看了会儿，鬼使神差地说了句："你长得很像你父亲。但你父亲在你这个年纪的时候……不像你这般爱笑。"

姜祁玉一愣，悄悄嘀咕道："他现在也不爱笑。"

我失笑，点头，本想再问问姜褚易的近况，话到嘴边却转了个弯:"宫中……一切安好吗?"

"一切安好,就是姊妹们野了些,太难管束了。一群女孩子,不喜欢女红,不喜欢琴棋书画,竟都喜欢舞刀弄枪、蹴鞠打马。"

"你父亲呢?由着她们?"

姜祁玉努努嘴:"父亲仿佛一直都很偏爱女儿,姊妹们要什么,他就给什么,连婚姻之事也从不强求。"

我闻言,有一瞬失神,半晌淡淡笑道:"挺好,挺好的。太后娘娘呢,身体可好?"

"皇祖母牙口、胃口都好,只是近些年年纪上去了,人有些糊涂。"

我点点头:"你父亲虽不是太后娘娘亲生的,但是太后娘娘以前待你父亲极好,你一定要孝顺她。"

"祁玉记下了。"他乖巧地回礼,仿佛我就是个深居宫中的长公主,日夜看着他长大,教导他。

我还想问些什么,却如鲠在喉,半分说不出来。

倒是这孩子先开口了:"姑母,我这次来禺戎,父亲……父亲他让我带话。"

我一怔,扭头看他:"什么话?"

"怜您艰苦,感您大义。齐国如今海晏河清,太平安宁,政治清明,百姓富足。"

我听着听着便笑了,笑着笑着又想哭:"非我一人之功,若你父亲不是个好皇帝,再嫁一百个公主过来也于事无补。"

"父亲他……他其实,很挂念您。"姜祁玉神色怅然,"我虽从未见过您,但我见过您的画像。而且自我记事起,父亲就一遍又一遍地告诉我,要勤学苦读,要励精图治、心怀天下,切不可贪图享乐、玩物丧志。我身为皇子,一定要献身于国,只有我们自己和国家强大了,才不会有对自己无能的遗憾和愧疚。"

他说了一大堆话,我只注意到了前面:"我的画像?"

"嗯,就收在父亲的殿中,是他亲自画的。他还经常拿出来给姊妹们看,说,即使是女儿,长大了亦是可以为国效力的,只是不要再去和亲了才好……"

我有些浑浑噩噩,良久才挤出一个笑容:"回席面上去吧,不然让他们发现你躲出来了,会被灌得更惨的。"

我没有再回到席上,只听说娅弥得了忽罕邪赏赐的绿松石琉璃冠。这孩子本是想请求出去玩的,但在拿到赏赐的一瞬间,就把本来的愿望忘记了。

她将原来的珠环摘了,却没有像往常那般扔掉,而是稳稳当当地藏了起来。

自缇丽嫁到阿勒奴后,我就一直有个想法,这个想法在看见祁玉的时候更加强烈。可忽罕邪的反应给我当头浇了一盆冷水。

原来,祁玉这次来禺戎,并不仅仅是来恭祝忽罕邪和巩固友邦关系的,还有一事——求娶公主。

禹戎和阿勒奴已结三代秦晋之好，若是娅弥能够嫁到齐国，于齐国而言，的确是好事一桩。可我不知娅弥的心思，本想去问问她，可忽罕邪侍从的脚程比我还快，我还没走出帐子，他们就把我拦下了。

"姜夫人，王上今晚来您这儿，让您在帐子里等候。"

我瞥了眼侍从身后的禹戎侍女，冷冷一笑："我连自己的女儿都不能去找？"

"王上吩咐了，公主即日起不得私自与旁人相见，除了王上，谁都不行。"

"我是她娘！"

"请夫人见谅。"

我被关了起来，直到忽罕邪晚上来见我。

他带来一封国书，扔到我面前。

我瞥了他一眼。

那是姜褚易的字迹，文中委婉地言明利弊，又说愿意重金重礼下聘求娶一位适龄公主给齐国皇子做妻。

桑歌的女儿早在前两年嫁给了禹戎一个部落的族长，所谓的适龄公主，只有娅弥一人。

我抬眼看向忽罕邪，他亦盯着我。

我合上那封国书，淡淡道："得看遥遥的意思。"

忽罕邪转过头不看我。好半晌，我才听见他的声音："遥遥不会嫁去齐国，我回绝了。"

我没有违逆他，点点头："好，遥遥如今年纪还小，谈婚论嫁之事还是先缓缓吧。"

忽罕邪望着我，似乎也同意我的说法："对，遥遥还小。"

"我倒是愿意她永远待在我身边，只要她能一直待在我身边，你随便挑个大臣，我也无所谓……"

这会子他倒是不赞同了："说的是什么傻话，遥遥必定是要嫁人上人。"

我知道这个时候只有顺着他的话才能平息如此暗潮涌动的气氛，可我就是忍不住，一想到遥遥要离开我，我就忍不住反驳："人上人……也不见得有多快乐。"

我能听见他隐忍的叹气声，显然是在压抑自己的怒气，好一会儿他才开口："何以见得？难道你嫁来禺戎，嫁给我，不曾快乐？"

我就知道会变成这个样子，咬着牙说："我不是这个意思。"

忽罕邪许久不说话。

我明白，他是想消减我们二人之间的冲突，可还是失败了。

他转头直直地看着我，像是要透过我的皮囊看穿我的心："我知道你留着齐国送来的所有东西。当年，你告诉我你不想回去了，我信。纸鸢、书信、字帖、玉簪……我都不在意，只是想给你留个念想。瑄君，已经过去这么多年了，你也该……"他立即收声，没有再说下去，"不说了，你早些休息吧。"

离上次和忽罕邪吵架已经过去十几年了,可我们俩都深知,自姜祁玉来,这一架便在所难免。

忽罕邪以公主年幼为由,拒绝了大齐。

娅弥还懵懵懂懂,跑到我住的地方来问我什么叫"和亲"。

我说:"和亲就是……嫁到另外一个国家去。"

"那阿娘岂不也是?"

我无奈地笑着点头:"对,阿娘也是。"

"那阿娘会想家吗?会想阿姆吗?"

我发怔:"会啊……"

我当然会想啊,我会想母妃教我弹琵琶,会想小时候母妃哄我睡觉,会想母妃熬夜为我一针一线绣嫁衣。

"可是阿娘已经没有阿娘了。"我摸了摸她的脑袋,"在你还没有出生的时候,你阿姆就已经去世了。阿娘都没能……看她最后一眼。"

娅弥望着我,好半晌不说话,忽然抱住我的脖子蹭了蹭:"阿娘不要伤心,遥遥会一直陪着你的。"

我叹气:"小傻瓜。"你怎么可能会陪着我一辈子呢?

我将齐国带来的东西全部整理出来,让曹芦找个僻静点的地方烧掉。

曹芦吓得立马撒手:"公主,您这是为何……"

我看着那一本本泛黄的书、一页页卷边的信,摆开手:"从一开始就不该留着,去烧掉吧。"

"不行!"楼夏不知何时候在帐外,一听见我说这话,就立马冲了进来,一把抱起那些书护在怀里。

我惊讶地看着他:"你这是做什么?"

楼夏将书一股脑儿塞进衣袍里,郑重其事道:"阿娘,这些书烧不得!这都是宝贝,这不能烧啊!"

我看着他拼死相护的模样,鼻尖一酸,拿起桌边的镇纸就要去打他:"我让你一天到晚看这些书!让你一天到晚看!你父王教你骑射你不上心,连你妹妹都比不上!"

楼夏抱着书到处躲,嘴上却还是倔强:"有谁说人这一世只有一种活法?孔夫子弟子三千都不是一个样的,颜回温良仁德,子路力大勇猛!凭什么我就必须得跟其他兄弟姐妹一样,只懂骑马射箭啊!"

"你……你还孔夫子!你还颜回子路!你一个禺戎的王子!是要去齐国举孝廉,还是举秀才?"

"阿娘,这书真的不能烧!"楼夏眼泪汪汪,疼得弓起背却还是不撒手,"父王生辰那日,我遇见了车曲国的大臣,他很欣赏我的!阿娘,这……这真的不行……"

"他欣赏你?欣赏你什么?"我简直要被这孩子气疯了。

"他欣赏我懂齐国的礼仪经纶、文韬武略。他说,齐国的东西才是真正的治国要论,车曲国王一直很推崇齐人的东西,想让齐国的皇子娶他们的公主去车曲国做国王。可是齐国不肯……"

我瞬间冷静下来，反复品味楼夏方才所说的话，好半天才醒悟："你的意思是……他们想让你去？"

"没……没定呢……"

"车曲国没有王子吗？"

"没有，车曲国国王只娶了王后一人，生了两个女儿。"

我震惊到说不出话来："车曲国为何会如此推崇汉家的东西？"

楼夏见我不再打他，将我手中的镇纸小心翼翼地抽出来，放在一旁，然后将我扶到一边，好声好气地说道："阿娘，不仅是车曲国，如今整个西域大多都十分亲近齐国，乐意与齐国做生意。阿娘，这些您都不知道吗？父王没有告诉过您？"

我如今算是明白为何忽罕邪如此排斥姜祁玉、如此厌恶齐国求娶公主了。齐国蚕食他在西域的力量，步步紧逼。求娶公主看似是齐国示弱，可实际上是齐国给禹戎递了个台阶——继续友好邦交的台阶——曾经是我们的公主远嫁，如今，该换你们了。

我想清楚一切，看了眼楼夏，对曹芦使了使眼色。

"烧了。"

"阿娘！"

"阿娘曾经教你的东西，都记住了吗？"

"都记住了。"

"那还要这些书做什么？烧了。"

楼夏苦着脸，最终妥协地松开了怀抱，将那些书全部抖搂出来。

他哭丧着脸:"阿娘,您跟父王到底要僵持到什么时候啊……"

我看着他。这孩子平日里装傻,连娅弥都觉得他好欺负,其实他比谁都精明,比谁都通透。我摸了摸他的脑袋:"爹娘的事,自是由爹娘自己去处理。你们……过好你们自己的日子就行了。"

我把那些书和信件全烧了,我身边那么多禺戎的人,我知道忽罕邪是知晓这件事的。

可他还是很久没来找我。

我让娅弥来我帐子里睡觉。小姑娘兴奋地天天跳东跳西,连床榻都要塌了。

"阿娘,我来您帐子睡觉,会不会被父王赶出去?"

我笑道:"别理他。"

娅弥看着我问道:"阿娘,您和父王吵架了吗?"

我长叹一口气,没说话。

在楼夏和娅弥的记忆中,我从未和忽罕邪置过气,也难怪这两个孩子那么敏感又小心,一下子便感知到了,还都喜欢悄悄地来试探我。

我揉了揉娅弥的脸,用额头撞了撞她的额头:"小姑娘……睡觉吧。"

遥遥抓着我的手睡得安稳，我却睡不着，许久不曾梦魇的我又做了个梦。

我看见齐国万宾相送，满天的红花映着天际燃烧的朝霞，凤冠冕旒，喜服飞鹤，正是我十五岁那年的样子。我回头看见了爹爹和母妃，他们还是我最熟悉的模样，他们笑着望了我一眼，又看向我身后。

我有些奇怪，回身看向后头，心被猛烈一击——站在我身后的不是别人，而是凤冠霞帔、芙蓉桃花面的遥遥。她朝我展颜一笑，甜甜地叫了我一声："阿娘。"

"遥遥？"

"阿娘，我走啦——"她提起裙子，转身跑向马车。

恐惧与惊怖如洪水般朝我涌来，我伸手要去抓她，却被长裙绊倒了，一个趔趄摔倒在地："遥遥——"

"遥遥——"我在梦中惊醒，冷汗涔背，伸手往右边摸了摸，发现娅弥不在，一个激灵翻身下床，边穿衣袍边喊道，"遥遥！遥遥！"

我心急如焚，还没将衣袍系好便想着出去找曹芦。

一个黑影突然冲进帐子，一把抱住了我。娅弥眼神晶亮，仰视着我，笑道："阿娘！父王带我去骑马了！去了月牙泉边，月牙泉好漂亮啊！"

我抬头望去，忽罕邪就站在帐外，用手臂撑着帘子看我。

娅弥将我拉到忽罕邪面前，笑着对他说："父王，我帮您把阿娘叫来啦。你们……你们不要吵架了……"

忽罕邪捏了捏她的脸,笑道:"父王不想和你阿娘吵架的。"

我看了他一眼,也对娅弥说:"阿娘也不想的。"

娅弥笑着将我们俩的手放在一起,笑着跑开了。

忽罕邪替我穿好衣袍,紧紧握住我的手,拉着我往外走。

我们走到山坡上,方才的梦让我心有余悸。

我望了忽罕邪一眼,轻声道:"我们就让遥遥留在禺戎吧,好吗?"

他叹了一口气,转身将我拥进怀里:"孩子总是要长大的,能留几年便再留几年吧。"

他还是想把遥遥往外嫁,可我知道,永远都不可能是齐国了。

第十一章

多情却被无情恼

娅弥十五岁的时候，西域和阿勒奴都送来了求亲的帖子，各自开了极丰厚的彩礼，就等娅弥自己挑选点头。

我望着那一摞摞帖子，有些不耐烦，甩甩手："不看了，全部丢出去。"

曹芦望了我一眼："公主，还有这么多呢。"

我嗤笑道："你看看这些东西，明码标价，我们遥遥是待价而沽的物件吗？全部扔出去，一个都不许留！"

曹芦点点头，让侍女们一起将帖子搬出去，恰好让忽罕邪撞见了。

他看了一眼，走进帐子，说道："没有顺眼的？"

我叹了一口气，破罐子破摔道："不嫁了，就没人配得上我们的遥遥。"

忽罕邪笑道："我也觉得没人配得上，可女孩子长大了总得出嫁的。"

我咬牙："不如我们养她一辈子吧。"

忽罕邪倒水的手一滞，他看向我："瑁君，我们还能活多久？孩子还能活多久？一个女子年老后，无父、无夫、无子，你让她在禺戎怎么活？若是寻常人家的女子，懂点生钱的技巧，那还好养活自己，可日子终究不好过。何况遥遥被我们骄纵着长大，我们离开了，你让她以后怎么办？"

我沉默，长叹一口气，说："那再看看吧。"

可谁知，没等我们俩拿定主意，娅弥倒是找上门来了。她拿着两封书信，有些不好意思地递给我们俩——一封来自齐国，一封来自乌善。

我有些惊讶地望着她："他们直接寄给你的？"

娅弥脸颊微红："嗯。"

忽罕邪没等我打开看便把信拿了过去，率先拆了齐国的信。他看了几行，冷笑道："君子之国，礼仪之邦……大皇子擅自写信给他国公主，是他们所说的君子所为？"

我听着这些话，没多大反应，拾起被他扔在地上的信纸。

姜祁玉的字承其父亲，刚劲有力却不失灵气，我略略读了几行，字里行间是少年郎独有的真诚与青涩，没有谄媚，没有唐突，有的就只是拳拳赤诚和爱慕。

我望了娅弥一眼，又将乌善的信拿过来，没看几行就惊呼出声："艾提做国王了？"

娅弥点头："嗯，他此前与我通信时跟我提起过。"

"与你通信？"我和忽罕邪几乎是同时喊出声的。我们都没有料想到年纪最小的娅弥竟然是三个孩子中最先有心上人的。

忽罕邪显然更不开心了："怎么回事？什么时候开始的？"

娅弥被忽罕邪莫名其妙地吼了一句，有些害怕地朝我挪动身子，拉住我的手臂躲在我身后，弱弱道："就……您生辰那次见到，然后……"

"三年了？"我们两个又一次异口同声地惊呼。

我愣了好半晌，从一开始的惊讶慢慢地转变为欣喜、欣慰。我捧住她的脸，笑道："没想到我们遥遥……还有点小厉害啊。"

娅弥有些为难，她贴着我轻声道："阿娘，我……我不知道他们会有今天这一出。我本只想着以后他们能带我去齐国或者西域玩的……"

忽罕邪看着娅弥，问道："你想离开禺戎？"

娅弥连忙摇头："我只是想去外面看看，我除了禺戎，哪儿都没去过……"

忽罕邪望了娅弥一眼，说道："你阿娘为你出嫁一事操碎了心，你自己也说说想法。"

娅弥低下头，咬着唇思忖了好一会儿，半晌才抬起头来，看着我们俩，问道："乌善和齐国，哪个离禺戎更近呢？"

忽罕邪回答："乌善。"

"那我就去乌善吧，这样不管是我看阿娘还是阿娘看我，都方便些。"娅弥抱着我的胳膊，头靠在我的肩膀上，笑得甜甜的，"阿娘，遥遥本来都说了要一直陪着您，如今遥遥只能选一个离您近一点的地方了……"

我反应了好一会儿。所以，遥遥是确定要外嫁了吗？我的遥遥要离开我、离开禺戎了吗？

"算了吧。"我鬼使神差地说出口，"不管是乌善还是齐国，我们都不嫁了，就待在阿娘身边吧，好吗？"

娅弥愣住，呆呆地喊了我一声："阿娘……"

"遥遥，出去吧。"忽罕邪嘱咐了一句。

娅弥松开手，又被我一把抓住了："遥遥，我们还是不要离开禺戎了，就让你父王替你在禺戎找一个——"

"出去！"忽罕邪一声令下，吓得娅弥立马松手，逃也似的离开了帐子。

我沉默地背对着他，不愿看他现在的神情。

"你又想同我吵架了，是吗？"

我努力地隐忍，转头对他笑道："不吵，我们不吵。我只是不想让娅弥嫁到别国去，这都不行吗？"

"你没发现是娅弥自己愿意的吗？"

"她一个小孩子懂什么？"

"可你嫁来禺戎的时候不也才十五岁吗？"

"所以我知道此间到底有多少辛酸与苦楚！"我不管了，我什么都顾不得了，为了娅弥，即使将我曾经心中所想所念尽数告诉忽罕邪，那又如何？

"乌善与禺戎的风俗、人情、语言皆不同，娅弥不曾学习分毫，到了乌善如何自处？她被我们娇养着长大，身边的人对她百依百顺，她若去了乌善，要学会察言观色、权术纵横，一直战战兢兢、如履薄冰，你当真忍心？若是那艾提待她好还好说，若是几年后夫妻情感不睦，你又要让她怎么办？"

我说得气喘吁吁，忽罕邪却平静地看着我。虽说是平静，但他眼中的难以置信却是让我的心脏被狠狠揪起。

"所以这就是你在禺戎的痛苦,对吗?"

我目不转睛地与他对峙,咬牙道:"对。"

他没有说过多的话,自嘲般笑了笑:"姜瑂君,你的心真是石头做的。"

娅弥还是远嫁了。

我在这个山坡上不知迎来了多少人,又送走了多少人,如今竟然轮到送我的女儿了。

娅弥穿着我为她绣的喜服,像一团烈火般站在马车前。我此前哭得太多了,事到如今,竟然落不下一滴泪。

娅弥望着我,眼里有泪,却还是笑着。她将我拥进怀里,劝我道:"阿娘,别哭,乌善很近的,比齐国近多了,您要是想遥遥了,就来乌善看看遥遥吧。"

我苦笑着点头:"好。"

"阿娘,那我走了。"她要撒开我的手,却被我一把抓住了。

"遥遥!"我喊了她一声,却不知道要说什么。

娅弥再也忍不住,眼泪倾泻而下,望着我和忽罕邪,笑着说道:"多谢爹娘十五年养育之恩。"

忽罕邪面上露出难有的伤感与不舍,他狠心摆手:"走吧,路上小心。"

娅弥坐上了马车,车队浩浩荡荡地从草原出发。

我看着马车离我越来越远，实在忍不住，大喊出声："遥遥——"

下一瞬间，娅弥掀开帘子，探出半个身子，她哭着喊我："阿娘——"

"遥遥……"

"瑁君。"忽罕邪抱住我，支撑着我虚软无力的身体，"孩子总是要离开的，就放手让他们走吧。"

我望着娅弥的车队慢慢变成山间小虫直至消失不见，才回到现实中，才知娅弥是真的已经离开我了。

娅弥出嫁后不足半年，车曲国来人，将楼夏接了去做驸马和国王。

忽罕邪对图安越发器重，我时常看见，即使到了深夜，这孩子帐子里的灯也还亮着。

又过了一年，忽罕邪替图安选了正妻——是阿莫和玉堂的大女儿。

阿莫在西边驻守，治理有功，这二十年的光景早已升至左大将，与玉堂夫妻恩爱，生了三男两女，都管教得极好。玉堂给大女儿起了个齐人的名字，叫郁文。子曰："郁郁乎文哉，吾从周。"

"郁文"——是个好名字。

小姑娘为人礼貌谦和，逢人便笑，杏眼如水，望着图安时又有些怯生生的，有着小姑娘独有的羞涩与天真。

"你是图安哥哥吗？"她问，"我听我娘说，你小时候，她抱过你。"

"嗯。"相较于郁文，图安倒是沉默许多。可当他看向郁文时，在沉默中又带着点欣喜与渴盼——"多跟我说点话吧，快和我说话呀。"

图安很喜欢他的这个妻子，还未成亲时就带着她到处转悠，或是与她一同驾马去月牙泉，或是一同去天山看我种的菜，摘一些回来，一起做着吃。

当我看见图安因为公务而紧锁的眉头一点点舒展时，我就知道这个姑娘选对了。

孩子们各自欢喜，只是我与忽罕邪说话的次数越来越少了。

至亲至疏夫妻，我如今算是懂了这句话。

最亲密的接触，最无言的相顾。

往日情浓，耳鬓厮磨，甜言蜜语说不尽；而今心有罅隙，缠绵过后，共卧一榻也只是枯望月光到天明。

他知我心中烦闷，而这烦闷的源头是他。不愿惹我生厌，他便不怎么来我帐子了，只是经常托人送点东西过来，我也会忍不住，送自己做的毡帽、毡靴过去。

不是服软，而是我们二人过往二十多年就是这么过来的，虽然彼此已经不说话，但这点习惯也是改不了了。

乌善传来消息，说遥遥有了身孕。这让我又是高兴又是担忧。

女人生产是鬼门关里走一遭，我生产图安时已很危险，所幸有曹芦和玉堂，可遥遥身边又有谁呢？

我犹豫再三，去找忽罕邪。

彼时他正在王帐里批公文，可他的笔墨都是干的。

我一进去，他便立即抬起头，若无其事地问道："怎么了？"

我支支吾吾半天，才答："我想去乌善，看看遥遥。"

"好。"他答应得很快，站了起来，没有走到我面前，只是站在原地看着我，半晌才问，"我……送你去？"

"好，你随便叫个人——"

"我说我送你去。"

我愣住了："你……"

忽罕邪没看我，我只好默许。

一时间相对无言，我转身，正要离去，却又听他说道："要不要……我再接你回来？"

我背对着他，有种落泪的冲动，却努力地抑制着，平复了情绪，才笑道："好啊。"

第十二章　人生忽如寄

其实，这应当算是我第一次来西域，上一次只在和亲路途中匆匆瞥一眼，未曾体验它的风土人情，抱憾至今。

忽罕邪将我和曹芦送到乌善都城外，扶着我下了马车："我不方便进去，十日后我再回来接你。"

我点点头。

他要抽手离开，我一把抓住了他："忽罕邪……"

他一愣，回头问道："怎么了？"

"嗯……"我支支吾吾，"等我看完遥遥，我们一起在乌善逛一逛，好吗？"

他还没说话，我又开口补充道："就一天。"

忽罕邪失笑："如今图安成器，我也该放放手了。你想在这儿留几日，我便陪你留几日吧。"

我庆幸我们之间的关系和缓了，点点头："好，那我……等你来接我。"

忽罕邪听完这话，上前拢了拢我细碎的头发："好，可别跑了。"

我笑着与他作别，看着他骑马离开的身影，而后转身进了都城。

这是我与曹芦生平第一次坐骆驼。

在骆驼起身那一刻，险些吓得摔了下去。

我突然觉得轻松，这里无人知道我是齐国的公主，也无人知道我是禺戎的左夫人，是他们王后的母亲，我只是个四十岁的妇人而已。

我与曹芦皆着禺戎衣袍，来往路人瞧见我们两个，皆以新奇的目光纷纷伫立、侧视。我与曹芦相视而笑，也不觉得羞赧，只觉玩心大起。

娅弥和艾提早在王宫外头等我。

娅弥一瞧见我，连忙小跑着过来要扶我。艾提担忧地护在她身侧，忙不迭道："你慢些，你慢些。"

"阿娘。"娅弥一下子扑了上来，"我好想您。"

我揉了揉她的脑袋："傻瓜，那么大了，还当着那么多人的面撒娇，你已经是一国王后了，要稳重。"

"阿娘来了，我就又是个孩子了。"她如儿时一般腻在我身边撒娇，宛如还是那个少不更事的娅弥。

我笑着捏了捏她的脸："带阿娘去见见你的夫君吧。"

娅弥拉着我来到艾提面前。

艾提恭敬地抚肩行礼，用生硬的汉话与我说道："恭迎母亲。"

接风宴毕，娅弥拉着我钻进了她的宫殿。她踹掉鞋子，跑上矮榻，朝我招了招手："阿娘，快来。"

我无奈："遥遥，上床睡觉，鞋子要怎么放啊？"

娅弥一愣，我也一愣，过了好一会儿，我们皆大笑起来。我也随便她，脱了鞋子与外裳，和她同睡一个被窝。

娅弥靠在我的肩膀上,拉起我的手放在她微微隆起的小腹上,轻声道:"阿娘,您的外孙。"

我轻轻地抚摸着。隔着肚皮抚摸着这个我未曾谋面却与我有着至亲血缘的生命,酸楚、欣喜、动容、忧心,所有的情绪夹杂,我没来由地哭了。

我亦是差不多在她这个年纪怀上第一个孩子,不承想时光如此之快,一下子便轮到我的女儿孕育生命了。

我抱着她,轻轻地拍着她的背:"阿娘的遥遥,是真的长大了。"

娅弥抚摸着肚子,笑道:"我一定要把他平平安安地生下来,我真的迫不及待地想与他见面。阿娘,您说他到底是长什么样子的呢?您怀哥哥和我的时候,也会想要知道我们长什么样子吗?"

"会啊。"不知为何,我突然想起那个未能成功降世的女儿,又看着面前娅弥天真、姣好的面容,笑了笑,"尤其在怀你们这对双生子的时候,一直在想到底是两个女孩儿还是两个男孩儿。没想到竟然是龙凤胎,可把你父王高兴坏了。"

娅弥听着我说从前的事,笑得合不拢嘴:"难怪阿娘最疼我。"

我望着她,笑了笑:"是啊,阿娘最疼你。所以连曹芦都给你带来了,你待产期间便让她留在这儿吧。"

娅弥摇摇头:"阿娘,曹芦姑姑是您的旧人,把她留在您的身边，遥遥才安心。艾提待女儿很好，您不用担心。"

我听见这话便有些好奇，问道："他是如何待你好的？"

娅弥被我这么一问，有些不好意思，面上飞霞，支支吾吾道："他极通音律，我又擅琵琶，他召集了全国最好的乐师组了乐队，每日陪我练琴。他还教我乌善话，他自己还会说汉话和禺戎话。阿娘，他真的每时每刻都在给我惊喜。"

我摸了摸她的头，叹道："只要你欢喜，阿娘怎样都是好的。"

娅弥靠在我肩上，忽然问道："阿娘，遥遥拒绝了祁玉，您……会不会不高兴啊？"

我笑了笑："阿娘曾经是希望你能嫁到齐国去，但阿娘更希望你余生过得快乐。"

"阿娘，我只想离您近些。阿娘已经离自己的爹娘很远了，遥遥不想阿娘再离我那么远了。艾提对我很好，您真的不要担心。"

我叹气，与她的头靠在一起："傻孩子，阿娘真的只是……希望你开心啊。"

我让曹芦为娅弥诊了脉。这孩子从小就喜欢在外头野，身体好得不得了，没有什么大碍。我还是想把曹芦留下，可娅弥推辞了。我不好让曹芦为难，住了十日，留下些草药与补品，便同曹芦一起启程回禺戎。

娅弥和艾提送我们到宫殿外。他们一早便备好了送行人员与骆驼，一切都十分周全。我看了一眼艾提，越发放心把遥遥交给他。

"阿娘，等孩子出世了，您还会来吗？"

我笑着拉着她的手："阿娘一定会来的，到时候把楼夏和你父王都叫上。"

"我才不要楼夏那个烦人精来呢！"

我刮了刮她的鼻子："口是心非。好了，不必再送了，回吧。"

西域风沙大，我与曹芦戴着兜帽蒙着面纱，骑着骆驼行了一段路。

曹芦忽然凑近，悄声道："公主，我们要不停下来走一会儿。前头就是城门了，不差那一会儿的。"

我也有些舍不得在西域自由的时光，心痒难耐，便点了头，赏了侍从们一些东西，让他们自行回去。

西域的行脚商走一路卖一路，有时是高昌的琉璃珠、阿勒奴的玉泉酒，有时是乌善的弯月匕首、禹戎的铁环马鞭，甚至还有齐国的经史子集，卖得极贵。

我与曹芦的穿着与这里的西域人别无二致——宽大艳丽的衣裙与筒裤，还戴着各色图腾点缀的银质腰链。我用红色纱巾将自己的头发和面容遮挡起来，只露出一双眼睛。

我和曹芦在乌善都城的小巷子里兜兜转转。踩着黄土，我能够感受到空气里鲜活的烟火气，是羊肉的味道，是酒香，是母亲呼唤孩子回家吃饭的声音，是酒肆不知从何而来的人说着不知何地的语言。

我忽然就有点不想回去了。

——"可别偷偷跑了。"

忽罕邪的话不知为何在我耳边响起，我笑了出来。不得不说，他是真的了解我。

逛了许久，看了几处好玩的地方，我在心里盘算着明日要带忽罕邪一起来。

一个转弯，我忽瞧见巷尾坐着个行脚商，宽衣博带，一眼便识出是齐国人。他面前铺开一张布，上头只放着一支成色与雕花并不精美的玉兰簪子。

我鬼使神差地走上前，拿起那支簪子细细端详了一阵，又望了望那个行脚商，忍不住问道："您好，请问这支簪子，卖多少钱？"

"不卖。"

我觉得奇怪："不卖您为何在这儿摆摊儿？"

"我在等人。"

我微微一愣："您……是齐人吧，缘何来此呢？"

"等人。"

我实在好奇，又忍不住问："您在等谁？"

那个行脚商瞥了我一眼，又朝着我身后看去，淡淡地道：

"来了。"

我还未回头,只听身后传来一个熟悉得不能再熟悉的声音。

多少年前午夜梦回,我泪流满面,皆是因为在梦中听见他一声声唤我"念念"。可如今,他站在我面前,我看着鬓发微霜的他,听见他喊了一声——

"念念。"

我不敢回头,也无力起身,身体微微发颤。

"念念。"他又逼近一步,又喊了我一声。

我缓缓站起来,僵硬地扭转身子,一声"哥哥"如鲠在喉。他身后的曹芦匆匆上前,跪在我面前。

"公主,恕奴婢擅自做主——"

"不怪她,"姜褚易望着我,"是我让她这么做的。她不可能不听……大齐皇帝的话。"

我将垂着的目光移到他身上。

姜褚易披着一件玄色披风,脸面被兜帽的阴影遮盖,我看不清他的神色。

他上前一步,我后退一步。他微微一愣,摘下了帽子。

姜褚易已不再是年少时的模样——年少的他即使严肃,却还有少年郎的锐利、张扬与青涩,可如今的他沉稳内敛,有着不可直视的威严与压迫感。他鬓已微霜,我也常常在早起梳妆时能够挑出许多根白发。

原来,我们都已经到这个年纪了啊。

自十五岁天涯两隔,已是二十五年。

二十五年,一个婴儿能够成家立业、娶妻生子,一个国家能够从羸弱走向繁盛;二十五年,亦能够让青春年少的两个人,重逢如陌路,相见不相识。

姜褚易又走上前几步,我连连后退,忙笑道:"陛下怎么来这儿了?臣妹是来看女儿的,陛下呢?"

姜褚易步子一顿,问道:"娅弥?"

我一愣。

"娅弥选择嫁给艾提,祁玉难受了很久——"

"陛下!"我打断他,"我的夫君还在等我,还请陛下——"

"念念,"姜褚易抬手拦下我,"我有话说。"

"我无话可说。"我拒绝得斩钉截铁,却被姜褚易一把拉住。

我快被吓死了。这成何体统!我一个劲地扒他的手,想把他的手指一根根掰开,可他像块烙铁一样紧紧箍住我的手臂,将我拉进小巷子的马车里。

"驾马,回去。"姜褚易一声令下。

我连反应的机会都没有,立马钻出帘子,拉住缰绳,吼道:"不许走!"

"念念。"他皱着眉,语气中隐隐有怒气,"你这样多危险!"

我扭头看着他,冷声道:"说清楚。"

姜褚易的神色一瞬冷下来,他沉着眼眸看着我,压低声音:"跟我回齐国。"

"什么?"

"难道你不想回去吗?"

我忽然觉得好笑:"我不想回去?你说我不想回去?"我笑着质问他,"当年是你给我写了信,是你给我送了纸鸢,说'何处非吾乡',如今却责怪我不想回去?"

"我没有,我只是想带你回齐国。念念,你的使命已经完成了,你可以回家了。"姜褚易看着我,"如今的齐国已不是任他们宰割的鱼肉了。念念,你要做的事已经完成,跟我回家吧。"

"你是在弥补你曾经的愧疚吗?"我问,"你怨你自己曾经没有能力留住我,如今有能力就想带我回去。可你有想过我吗?"

姜褚易神色一滞:"我如何没有为你着想?齐国是你家。"

"我家?"我笑了,"那你倒是告诉我,我回这个家,去做什么?我以什么身份回去?"

姜褚易沉默一瞬,回答道:"……长公主。"

"长公主,哈哈哈,长公主……永安长公主?"我笑出了眼泪,"姜褚易,我们之间曾发生过那么多事,我又嫁到禹戎二十五年,你确信我能像其他妹妹一样,安安心心地做长公主吗?何况我若真的跟你走了,禹戎那边如何交代?"

"我现在不需要给他们交代了。"他冷声道。那是我不曾见过的、陌生的模样。

我笑着摇头,眼泪却不由自主地落了下来:"哥哥,我的孩子、丈夫都在这里,你让我回哪儿去?在齐国,在宫里,我真的还有亲人吗?母后走了,爹爹已经在陵寝睡了二十多年了,妹妹们都各奔天涯,你让我回去?姜褚易,你成全的到底是你自己还是我?"

他叹了口气,说:"念念,你还有⋯⋯哥哥。"

我笑了:"哥哥?"

姜褚易沉默。他紧抿着唇,我听见他轻轻的呼吸声,像是在极力压抑自己的情绪:"念念,我带你回去,是想保你平安。"

我摇摇头:"只要边疆安定,我就平安。何况⋯⋯忽罕邪待我很好,这真的是我上辈子修来的福分。纵阅史书,再也没有像我这样好命的和亲公主了。"

他望着我,又道:"好,我给你机会,你选。"

"选什么?"

"跟我回齐国还是现在就回禺戎。"

我愣怔半晌才回过神来:"你让我选?你让我选齐国还是禺戎?姜褚易,你还有心吗?"

他拉起我的手臂,看进我的眼睛,一再规劝:"那就和我回去。"

回去,回齐国。

这不是我曾心心念念都想要得到的,不是我做梦都不敢奢求的事情吗?为何现在机会摆在我眼前,我却丝毫欣喜都没有呢?

我望向乌善都城的城墙。如今的城墙外,与我相濡以沫二十余载的丈夫在等我回家,而我离别如此之久的故乡亦触手可及。只要一点头,我就能回到齐国,我就能看见齐国京城河堤的垂柳,春风拂面,游船江上,我能听见我熟悉的乡音,我能看见我熟悉的楼阁宫阙,我甚至……还可以去给爹娘磕个头。

"回去吗?"姜褚易问我,向我伸出了手。

我望着眼前这个帝王。齐国历经三代,到他手里已不再是那个积贫积弱、百姓流离失所的国家,他终究实现了我们之间的诺言。

我突然释然了,笑着对他说:"哥哥,齐国如今很是繁华吧?"

他点头:"国泰民安。"

我点点头,展颜一笑:"那就足够了,我回不回去,都没有什么太大的意义了。哥哥身边有可人的解语花,还有能干、有出息的孩子们,齐国百姓安居乐业,朝廷大臣各司其职。我没见过比这更好的景象了,所以不管我回不回去都不重要了。"

"你……不走了?"姜褚易再问。

我点点头:"嗯,不走了,我夫君还在等我回家呢。我的孩子也在禺戎等着我呢。"

姜褚易还想说什么,我起身一把抱住他。

他僵在那里,我轻声道:"哥哥,你是个好皇帝。我们当年的诺言和期许,都成真了。"

还没等他反应过来,我便松手下了马车。

曹芦在一旁候着,我朝她笑了笑,重新戴上面纱,却被姜褚易再次叫住:"姜瑢君。"

我回头。

他递出一本册子。

我接过一看,忽觉不对劲,一把拉住马车的门沿:"通关文牒?这是什么意思?"

姜褚易望着我:"此前种种都过去了,可你终究是我的妹妹,先帝于我有恩,我必须帮他照顾好你。禹戎是你自己的选择,可我不能不管你,这个东西你收好,以后……派得上用场。"

"派得上什么用场?哥哥,你到底为何——等等,你一国皇帝,缘何丢下自己的国家和子民来西域?"

若说姜褚易是单纯地为我而来,我是绝不可能信的,他不是一个如此不理智的人。那么他到底为何而来?又为何会来见我,还给了我通关文牒?

我眼皮突突地跳了跳,直觉告诉我,这不是什么好事。

姜褚易拉过我扒着门沿的手,他没有直接松开,而是轻轻地摩挲了一下,像是确认了什么,最后放开手,道:"他……确实待你好。你走吧。"

164

"哥哥，哥哥，姜褚易！"不管我怎么喊，他都没有停下马车。

尘烟滚滚，我忽然发现自己还立在乌善都城的黄泥土地上，好像方才之事只是大梦一场。

我仍旧留在这里，留在这大漠孤烟、黄沙茫茫的地方。

我刚刚做了什么？

哥哥来找我，他想带我回齐国，可我却放弃了，我……不想回去了？

难言的惊愕让我愣在一处。

曹芦有些担忧地上前："公主——"

我打断她："哥哥来此地到底是要做什么？"

曹芦摇摇头："奴婢不知。只是我们进城那日皇上就找到奴婢了，嘱咐奴婢一定要将您带至此处。"

"若是我把你留给了遥遥呢？"

"那奴婢……只能以送您的名义跟过来了。"

我长叹一口气，说："何苦呢……"我回身望了望来时的路，"走吧，这太阳都快下山了。"

我们俩走到城门外时，夕阳已半沉，黄沙漫漫，天地如同被火烧一般，通红刺目。我微眯着眼，看见了立在金黄色胡杨树底下的忽罕邪。

远处是茫茫的沙丘和如圆盘似的太阳，他牵着马，蒙着面，卷曲的墨黑色长发被风吹得张狂凌乱，一如我的心，在看见他的那一刹那就跳得毫无章法。

他看见我，向我张开了双臂。

我几乎不作他想，发疯似的冲向他，一下子扑进他怀里，牢牢地抱住他的腰身。

忽罕邪被我撞得跟跄了几步，他回抱住我，立马转身，将我护在身前，背对着我走来的路，问道："有人跟踪你们？"

我埋首于他的怀里，一个劲地摇头："没有，我……我只是……我……"我哭得上气不接下气，就是说不出一句完整的话，"我……"

忽罕邪笑了，他慢慢地顺着我的背，哄道："好了好了，是不是舍不得遥遥？"

我摇头："不是，我就是……"

我就是忽然发现，原来我是爱你的。

原来，我是真的爱你的。

"我想你，忽罕邪。"

第十二章

汉有游女,一苇杭之

直到最后，我还是会想，如果当时我跟着姜褚易走了，许多事情会不会有不一样的结局？可是想了很久，我忽然发现，或许所有的事情在一开始就注定了结局，而我的选择改变不了一切。

刘之华的弟弟刘勉家里出了个马奴将军，骁勇善战，足智多谋，仿佛将星临世。

姜褚易龙颜大悦，更加笃定寒门下士亦有可取之才，朝廷的人才选拔也不再局限于贵族世家。齐国政坛生机勃勃，大臣们不必害怕直言相谏会带来灾祸，有志之士亦不怕自己的才华志向会因为出身而付诸东流。

姜褚易有心敲打世家子弟。他不愿在他有生之年再出一个像当年项家一样的家族掣肘皇家。可即便皇帝有心遏制，老师的子孙们仍旧节节高升，不因别的，只因为他们有学识与胆量。

曹芦告诉我，卢家的儿孙们因为不满姜褚易太过重视寒门，便给那些被他提拔的寒门士子下了辩论战帖，说一定要看看到底是寒门士子有能耐还是他们世家子弟厉害。这倒是让姜褚易来了兴趣，专门为他们辟出一个园子，召集各路大臣、后宫妃嫔、公子王孙们一同听辩。一场辩论从晌午持续到傍晚，学子们引经据典、旁征博引，听众掌声连连。

此事过后，姜褚易便不再刻意压制世家大族，若有贤能，不问出身。

曹芦讲得细致，我听罢，良多感慨——想到哥哥初登基时的如履薄冰，如今齐国政治清明、海晏河清，他为后世子孙们开创的盛世是几代人都能够安稳生活的福祉啊。

"真好。"我叹道，"这二十五年，他励精图治，到底没有辜负我们的诺言。"

我又想起前几日在西域与他重逢，心里始终疑惑：到底是什么样的事情能让堂堂一大国的君王丢下国政不管，亲临西域？

我再三询问曹芦，她亦是不知道，这便让我更加不安。

我打开他临走前给我的通关文牒，上头写着：姜璠君，长安人士，庆元十三年生人。莅临敦煌，通行阳关，特颁此牒予以放行。

后头盖的是玉玺印。

我实在是想不明白，便撂开了手，没再去管。

今年冬天，禺戎、阿勒奴下大雪，牛羊冻死很多，草木枯黄。先前我教禺戎百姓去天山下种粮食，多少有点收成，几年囤积下来，应当能够熬过这个冬天。

可阿勒奴不一样，他们人多，又素来不重农桑，粮食短缺，唯一的办法就是南下去抢齐国边陲百姓的食物。

我本还担忧，却听曹芦来报，说那个马奴将军带上自己的兄弟们领兵出征了，不仅有他，还有卢侯的两个孙子，兵分三路，东、西、南三个方向夹击阿勒奴。齐国取道西域，竟一点都没有受阻，西域诸国直接开道让路，让齐国取近道北上。

此时我才真正意识到，姜褚易亲临西域为的是什么——他将国事交由姜祁玉，而自己坐镇帐中，御驾亲征，去真真切切地体会逐鹿天下的感觉。

阿勒奴未曾料到齐国的骑兵竟如此骁勇善战，轻敌以致节节败退，一路退到自己国土。

阿勒奴兵败那几日，每每我深夜出帐，都能够看见王帐不熄的烛火。忽罕邪一直眉头紧锁，我知道他在担心什么。阿勒奴若不保，那齐国的下一个目标就是禺戎。

我现如今才知道哥哥要带我走的意思。可我既然选择了留下，便就与这个国家、与我的夫君孩子休戚与共吧。

灾祸还没降临到这片土地上，却先落在了我自己头上。

阿勒奴向禺戎求援，忽罕邪同意出兵，而带兵之人竟是图安。

方听见时，我恍惚只觉得自己听错了，什么都顾不得地往图安的帐子里跑。

彼时的他正在让郁文帮他穿战甲。郁文瞧见了我，行了礼便退出了帐子。

我不知如何开口，图安就那样穿着沉重肃杀的铠甲望着我，沉默，等着我说话。

我张了张嘴，喉间苦涩，说不出话来。

他看着我，喊了我一声："阿娘。"

我掩面哭泣："图安，不要去……"

"阿娘，齐国侵扰阿勒奴，下一步可能就是禺戎，防患于未然，图安不得不去。"

"可是……可是齐国是……"我泣不成声，"齐国是阿娘的……是阿娘的家乡啊……图安，那个领兵之人，他们……他们是……"

是我的哥哥，是我老师的子孙，那每一个士兵都是我家乡的人，都是我的家人啊。可这样的话让我怎么说出口？难道忽罕邪不是吗？难道图安不是吗？难道那些与我在一起生活了二十余载的禺戎百姓不值得我同情、可怜吗？

我说不出这样的话，只能哭泣，无助地哭泣。

图安拉下我的手，抱住我，将我的头按在他的肩上。我竟不知这孩子已经长得如此魁梧了。

"可是，阿娘，禺戎也是我的家乡啊。"

我知道！我知道！我知道禺戎是你的家乡，但凡换成其他任何一个人，我都不至于难受到如此地步，舅甥相残，要我如何自处？

我去找了忽罕邪。

他正坐在王帐之中与桑歌一同端看舆图。我应当是发了这辈子最大的脾气，什么都顾不得，冲过去直接扯下他系在木架上的舆图，瞪着双眼拦在他和桑歌之间，与他对峙。

桑歌望着我们两个人，叹了口气，退出帐子。

忽罕邪显然不想跟我说话，他起身，也想要离开，但被我一把拉住了:"你为什么找图安?除了图安,你又不是没有其他儿子,你为什么让图安去?"

"我为什么找图安,你心里不是明白吗?"他毫不避讳,直视着我,"在草原上,只有力量才能让敌人惧怕!我要他继承我的位子,他必须有军功才能服众!瑨君,齐国是你的齐国,但不是他的齐国!而禺戎却是他的禺戎。"

我无法辩驳。这不是事实吗,姜瑨君?你还在苦恼什么呢?你是一开始什么都没看清吗?不是啊,我就是什么都看得太清楚了,才那么难受啊!

我将自己关在帐子里,不知过了多久,我听见帐外吹起了出征的号角声。

垂死梦中惊坐起,我未曾梳洗,抓起通关文牒,披散着头发就冲出了帐子。

图安骑在高马上,穿着魁梧的铠甲,红袍猎猎,一如一只长成尖喙利爪的雄鹰,想要去搏击长空,遨游苍穹。他的眼里是对胜利的渴望。这个血气方刚的少年郎,还不知道战争会给他带来什么。他只知道,那是他的功勋、他的战利品,只要他胜利了,功名将会永远追随他。

可那是我的图安啊,那是我的儿子啊,他将要提起刀剑冲锋陷阵,他将要去杀的那些敌人是我故乡的人啊。他若死了,要我怎么办?齐人死了,又要我怎么办?

我紧紧地攥着手中的册子。

图安看见了我，掩下了眼眸，举起手，对着他身后的将士们大声喊道："禺戎的将士们，随我——出征——"

"图——"我喊出一个字，下一刻却如同有人掐着我的脖子一般，怎么也喊不出声来。全身骨头仿若抽空，我立在寒风中摇摇欲坠，手中的文牒被揉皱，终究是没能给他。

图安已经骑着马带着禺戎浩浩荡荡的骑兵，踏上前往阿勒奴的不归途。

山坡上狂风遒劲，我欲哭无泪。送行的忽罕邪转身看见了我，我望了他一眼，扭头回了帐子。

我不知该如何提笔告诉哥哥，不知该如何请求他。若是禺戎、阿勒奴败了，若是他们抓到了图安，我能不能以通关文牒相抵，能不能帮我把他送回来？可转念一想，一封通关文牒，对他们而言，又何足轻重呢？这一封信若真的寄出去了，我是为了禺戎在要求齐国，我岂不是……叛国了？可如今，我连叛的是哪个国都已经不清楚了。

这个冬天，雪没日没夜地下，我头脑昏昏沉沉，终是病倒在几案前。再醒来时，已是深夜，只觉浑身发冷，头昏脑涨。

曹芦侍候在一旁，见我醒转，连忙上前喂我喝药。

我意识朦胧地问道："什么时辰了？"

"酉时了。"

"我睡了多久？"

"四个时辰。奴婢本是想去禀报王上的，可是王上与大臣们从早上开始，一直到现在都还是商议事情。奴婢不好进去，等晚些，晚些时候奴婢再去——"

"别去了。"我说道，"我们去不去、他来不来，如今又有何意义呢？你下去吧，我再睡会儿。"

曹芦帮我加了炭火，吹灭了烛火便退了出去。这炭火烧得我难受，却又不敢将它们熄灭。

夜里睡不踏实，半梦半醒之间觉得一股暖流从身后传来，如同春风，将我拥住。我顿觉安心，沉沉睡去。早上再醒时，榻边无人，炭火却是被人添过。

我的病好了大半，想着这样与忽罕邪僵持下去也不是办法，便去他的王帐外候着，想等他商议完事情便去求和。

今日来的是前线的传令兵，以往我是不愿去听他们谈军机要务的，可这回必定是与齐国交战有关，我按捺不住自己的心思，小步挪上前，凑在帐外听着。

呼啸的风夹杂着他们的谈话钻进我的耳朵里——

"大王子旗开得胜，斩杀齐国将领卢瑜。"

"是那个卢侯的孙子？"

"正是。"

"好，小子有出息。"忽罕邪的声音里带着分明的笑意，像针一样刺进我的耳朵里。

我如坠冰窖，后脑像是被谁敲了一棒子嗡嗡作响——图安杀了我老师的嫡孙。

这是天大的喜事吗？这是喜事吗？这怕不是天大的笑话吧！

走回帐子的每一步，我都好似踩在泥泞中，越陷越深，越陷越深。泥浆漫过了我的胸膛、脖子、脸颊，阴冷黏腻的湿土一寸寸侵入肺腑，身体越来越重。

嘴巴一翕一合，我却喘不上来气。

快走到帐外时，曹芦一脸惊恐地迎上来，她不安地看着我问道："公主，公主……您……公主！"

心脏钝痛，口中腥甜，冰凉的鲜血凝在喉间，我一把攀住曹芦的胳膊，"哇"的一声呕了出来。

我这病怕是再也好不了了。

我一直躺在榻上，有时候躺累了便起身让曹芦撩起一点帘子看帐外纷纷扬扬的雪。

在我印象中，禺戎没有哪一年的雪如今年这般大，像是要将天地倾倒一般。

曹芦又来侍奉汤药，我厌恶汤药的味道，拂开她的手："不喝了，你陪我坐坐吧。"

曹芦放下汤药，给我垒好靠枕，坐在榻边听我说话。

"曹芦，这些年，你为何一直不愿嫁呢？"

曹芦低头苦笑道："曾经家族遭难，太多的亲人离去，我不想再尝亲人别离之苦了。如今放在心上的只有公主一人，将公主照顾好了，曹芦就心满意足了。"

我望着外头的雪，淡淡地道："你会想家吗？"

她一愣，点点头："会，刚进宫那会儿，非常想。可如今……公主在的地方，就是曹芦的家。"

我笑了："你这嘴皮子是跟玉堂学的吗？"

曹芦腼腆失笑："有时跟玉堂通信，学了那么几句，但也是肺腑之言。曹芦与公主相伴的日子，当真要比自己的家里人还长。"

"我又何尝不是呢？"我掩下神色，"我在禺戎待的日子也比在齐国待的日子要长啊……可我能怎么办呢？夫妻之恩是恩，家国养育之恩是恩，曹芦，你说，我到底该怎么办？"

曹芦忍着眼泪，对我笑道："公主，您已经做得很好了。"

我淡淡笑道："私情与大义……自古两难全啊。"

我这病时好时坏。

一日，我正下地走动，忽罕邪撩了帘子进来。自上次争吵后，我们二人很长一段时间没有见面，今日再见，我却难展笑容。

他望了我一眼，往火盆里添了些炭火，却没有拉我的手与我一同坐在榻上，而是坐在我对面的矮凳上。

我深感不对劲，却又没有说什么，上前给他行了礼："妾身，见过王上。"

他放在膝上的双手渐渐握紧，望着我的眼瞳冷得能掉出冰碴子。

我皱了皱眉，只听他笑了一声，缓缓道："阿勒奴想与齐国订立止战条约，可齐国不允，说是势必要将阿勒奴打退至祁连山外，报卢瑜之仇。真没想到啊，只区区二十五载的光景，齐国竟变得强大如斯。你听见这个消息，是喜是忧呢？姜瑁君。"

我听见这话，全身冰冷，抬起眼睛与他对峙："你是什么意思？舅甥相残，生灵涂炭，你觉得我会欣喜？杀人诛心吗，忽罕邪？"

"杀人诛心？是我还是你？"

我不明白他这话的意思，只听他又说道："瑁君，从遥遥出嫁，你就开始怨我，你怨我没有把她嫁去齐国，你怨我将图安培养成不认亲国的人，你还怨我准许楼夏去车曲国……三个孩子没有一个在你身边。你如何怨我我都不在乎。

"我只问你，这二十多年来，你到底有多少是为我思量的？你的心里，难道只有你的大齐吗？你对我笑脸相迎，对我情深义重，难道都是为了你们齐国而同我虚与委蛇吗？你的大齐有了二十五年的喘息之机，如今与我们分庭抗礼，你心中是不是很庆幸？你在这里待了二十五年，完成任务了，就想要离开，是吗？你就是从未将我、将禹戎当作自己的归宿，对吗？"

我颤抖着，想说些什么。可我又能说什么？他说每一个字都是真的，我就是要齐国强大，强大到世上无人能敌，无人敢犯，这是我的目的和使命，我从未忘记。

这是真的，可是，可是……因为你，我如今……

"把人带上来。"忽罕邪朝外喊了一声。

我看见曹芦被人架着拖了进来，她在看见我的一刹那，簌簌落下泪来。

忽罕邪从怀中抽出姜褚易给我的通关文牒，扔在几案上："你这是从哪里来的？齐国皇帝御驾亲征，你与他早就见过面了吧？"忽罕邪冷冷一笑，瞥了眼曹芦，"这个奴婢想带着通关文牒去找你们齐国的人。姜瑨君，你就那么想离开我？"

我望着几案上的通关文牒，忽然什么都不想说了，因为说什么都没有用了。我走上前，拿起通关文牒，用烛火点燃它，然后扔进了火盆。

我背对着忽罕邪，淡淡道："这样呢？王上可满意了？"

我看不见忽罕邪的神色，却如芒在背："把人给我留下。"

忽罕邪良久沉默，半晌只蹦出来一个"好"字，命人丢下曹芦，转身掀帘离开。

曹芦抱住我的腰身，哭着道歉："公主，对不起……奴婢……奴婢只是不想再看您如此消沉下去了……奴婢只是想送您回家，只要能送您回家，奴婢粉身碎骨都在所不惜……"

我像安抚娅弥一般顺着她的头发，笑道："不怨你，我知道的，我都知道的。"

"公主，若当年您没有来和亲，该多好……"

我笑了："曹芦，我出生在庆元十三年，可能在我降生的时候，民间也有个小姑娘出生了。我从小到大，吃的是山珍海味，穿的是绫罗绸缎，而她吃的可能是草根稀米，穿的是粗布麻衣。一个国朝，公主最多不过十几位，可一个国家里，这样的百姓千千万。你看过从熙嘉元年至庆元二十一年的荒灾记录吗？熙嘉元年，江南大饥，人相食；熙嘉六年，宁州人妇食夫，并州人夫食妇，还有庆元三年六月，蝗虫起，百姓大饥，是时谷一斛五十万，豆麦二十万，人相食啖，白骨委积，臭秽满路。我说的这些，不过是取其一二，真正的境况，是你我根本不敢想象的。

"可你知道，当我齐国百姓流离失所之时，我在干什么吗？我在父皇的宫殿里，嫌弃昨日的烧鹅不好吃，我还曾因为闹脾气打翻过一桌的菜。真是造孽啊……曹芦，你说，若那时齐国与禺戎打仗，你让我的百姓们怎么办？我既受了他们的供奉，便要做我应该做的事。我从不觉得自己和亲是一件多么委屈的事情，因为……这是我的责任。每个人在他的位子都有他应该做的事。农夫耕地，书生从仕，将相辅佐帝王，帝王治理天下。我身为国朝公主，护佑我的百姓，便是我应做的。

"哥哥对我，已是仁至义尽了。他不能因为我而舍弃齐国的百姓、齐国的安宁。只是我自己终究选择了留在这儿，这是我自己的选择，不怪哥哥。他是帝王，他是要名垂青史的帝王，他为齐国开辟了盛世，永代永世都会歌颂他的功德。"

曹芦泣不成声:"那您呢,公主?他日史书工笔,您做了那么多,恐怕也只是当中的短短一句,寥寥几字罢了。您说皇上开辟了盛世,却是拿您祭奠的。"

我笑了笑,可这又有什么办法呢?

"若我的选择能让后世所有宗室女子不必忍受与至亲生离死别之苦,那么我所做的一切都是值得的。"

我病得有些恍惚,睡梦中隐约听见一些人声——

"怎么烧得那么厉害?吃了药也不管用吗?"

"捂汗吧?汗出来了吗?还不见退烧吗?"

"忽罕邪呢?"

"几天没合眼,昨日又去西边找阿莫了,不知道去干什么。人病成这样也不来看看……"

"这……唉,是因为齐国的事吗?"

"呸!这群男人真不是个东西!需要我们的时候把我们送过来,不需要的时候就开始打仗,全然不顾我们的性命和想法。"

意识模糊,我望着几个熟悉的身影轻轻地喊了一声:"母妃。"

桑歌一愣,摸了摸我的额头:"烧傻了?"

我哭了,一个劲地往桑歌怀里蹭:"母妃,念念好冷。"

桑歌双手一僵,长叹一口气,将我抱在怀里哄我:"好了好了,睡吧。"

"母妃，念念不想去禺戎，念念不想离开您。念念离开您就再也见不到您了……"

桑歌抹了把泪，拍着我的背："好好好，我们不去，我们不去那破地方！"

我转动了一下眼珠，仰视着桑歌，她也满目心疼地看着我。我对她笑了笑，从她的怀里退出来，轻声道："多谢王后。"

她们时常来看我，只是后来我病重了，不想把病气过给她们，便不让曹芦再放她们进来。

我其实身上并不难受，只是精神有些恍惚，经常觉得自己还在齐国的宫里。

我会对曹芦说："玉堂，我想吃绿豆糕，还想吃朱雀大街上的馄饨。"

"为什么今年的玉兰还不开呢？为什么春天还不来呢？"

"玉堂，我母妃呢？我母妃给我做的裙子，你今日去拿了吗？"

"哥哥去哪儿了？为什么这几日都不来看我？"

曹芦只是哭，除了喂我喝药，别无他法。

忽罕邪在大雪初停的那夜回到了王帐。

他冲进我的帐子，看见我面色酡红却毫无生气，低声朝曹芦吼道："人怎么突然病成了这个样子？"

曹芦根本就不想见他，也不想对他行礼，若他因此迁怒她，要把她杀了,她也不怕了。曹芦昂着脖子,毫不避开忽罕邪的目光,冷声道:"王上觉得我们公主是突然病成这个样子的吗?"

他走近我,终于又拉起我的手,喃喃地道:"瑁君,瑁君……"

我只看着他,不说话。

"我派阿莫去前线了,图安马上回来了,图安马上回来了。

"瑁君,你看看我,乌善传来消息,娅弥马上要生产了,我们要做阿翁、阿姆了,瑁君。"

他见我还不回应他,又道:"瑁君,禺戎的玉兰开花了。"

我哭了。这个骗子,从前就这么骗我,如今还这么骗我,禺戎的玉兰根本不会开花,哪有用种子种玉兰的!

忽罕邪本想将一切饮食起居之物都搬来我的帐子,却被曹芦赶了出去。他无法,只好每日都来瞧我一下,可我的病就是不见好。

一日,他又来到我的帐子,拉着我的手,开始给我唱歌。

是我曾唱给他的那首——

"南有乔木,不可休思。汉有游女,不可求思。"

"汉之广矣,不可泳思。江之永矣,不可方思。"

唉,一个禺戎人,哪能唱得好齐人的民歌呢?可他就那样拉着我的手,一遍又一遍地唱。

"就算是游过去了,也不一定郎有情妾就有意。"

傻瓜啊,真是个大傻瓜。

"谁谓河广？曾不容刀。"

谁说黄河广又宽？不能容纳小木船。

"谁谓河广？一苇杭之。"

谁说黄河宽又广？一只芦苇筏便能通航。

只要情比金坚，再远再难的路都是能到达的。

古人不是早早地就告诉我们答案了吗？你怎么就是不懂呢？

我病了太久，一天早晨却忽然精神抖擞，手脚也有了力气，便找来曹芦为我梳妆。她却哭了。我问她为什么哭，她只是一个劲地摇头，叫来了忽罕邪。

帐子里就只有我们两个人，我靠在他怀里，听着他有力、强劲的心跳声。

"咚咚，咚咚！"

他忽然说话："瑁君，你想要什么？"

我想要什么？我能要什么呢？我细细想了想。金银珠宝？绫罗绸缎？我不都有吗？我想要什么呢？

我看着他，伸手去够他的脸颊，又突然意识到了什么，连忙从他怀里挣脱开，却发现自己怎么都使不上力气。

"七王子，你放开我吧。要是让王上看见，你我可就都死定了。"

忽罕邪一愣，低头看我："瑁君，你喊我什么？"

"七王子，你不能这么喊我，被王上听见了，会说你的。"

忽罕邪没有否认，只是还抱着我，轻轻道："那我向你赔罪，你说你要什么，我就给你拿过来。"

我要什么？

我哭了，说："我想回家……我想见我爹娘、我哥哥还有我妹妹……七王子，你帮我跟王上说说情，让我回去吧……"

忽罕邪渐渐收紧胳膊，他哽咽了一下，微微颤抖地问道："还是……与我无关吗？"

我望着他的面容良久，笑道："与你有关的东西，我都留在这里了。"

他看着我，又问："那你呢？"

我笑了笑，终是没有力气再讲话了。

禹戎的大雪终于停了。我仿佛看见天山脚下的湍湍溪流、茂盛的树木与金灿灿的油菜花。我骑着马去看我刚种下的小芽。一队铁骑打搅了我早晨的宁静。我冲到他们面前，指着最有气势的一个人破口大骂。

他却不恼，逆着阳光，将我笼罩在他的身影里，低下头来，笑问道："齐人？哪儿来的？"

番外一

他们所不知的初遇

一

忽罕邪其实是去过中原的,在他十一岁的时候。

他父王跟他说,中原、西域的民俗风情与禺戎浑然不同,为君王者,必得博览天下,才知这天地宽广。

心中宽广,才装得下这天下。

忽罕邪一直听不惯他父王的训导,十一岁的年纪,正是觉得天大地大自己最大的时候。不管是去西域诸国还是中原,他都当游戏人间。什么学习博览?他就是去玩的!

庆元二十五年,齐国上元节,长安各处张灯结彩,游龙舞狮,人人华冠丽服,可一路从西域行来的忽罕邪,衣裳是穿了好几天的,头发是好几天没洗的,在他们之中,格格不入得有点像小叫花子。

雪上加霜的是,他还和阿莫走散了。

阿莫的汉话可没他流利,万一碰上个歹人把他卖了做奴隶,那他连小跟班儿都没有了。

忽罕邪吹了吹额前的碎发,坐在小巷子里看着过往的行人忙忙碌碌,有招呼着家人一同吃饭的,有带着朋友游街买东西的,只有他孤零零地坐在地上,还饿着肚子。

谁能想象,堂堂禺戎七王子,竟然在异国他乡流落街头,两天没吃顿饱饭。他长长地叹了口气,忽然听见街头传来一个声音:"哥哥,你快帮我找找!我的玉牌是不是丢在这儿了?肯定是躲侍卫的时候不小心掉下了。怎么办啊？我玉牌要是没了，母妃非得骂死我！"

"你别急，我们找找。"

"我去里面……啊！"那找玉牌的姑娘惊叫出声，"你你你你……你是谁？"

忽罕邪好好地待在巷子里，冷不丁地被人质问，正不耐烦，抬眼看见一个半高的姑娘蒙着面纱，一双水灵灵的大眼睛瞧着他，如同一只受惊的小兽。

他忽然觉得有些好笑。

那个与她一同来的少年将少女护在身后，看见忽罕邪也是一愣，作揖行礼道："在下不知此地是公子宝地，多有冒犯，还请见谅。只是舍妹有件首饰找不到了，还请您允许我们找一找。"

忽罕邪看着那个少年，又瞥了眼少女，起身给他们让开位置。

两人找了几遍还是无果，少女泄气道："完了，我还是让我娘骂我吧。"

少年摸了摸她的脑袋："别急，我们再沿着这街找一找。"

他们正要离开，少年回头望了一眼重新坐回巷子里的忽罕邪，转头又对那少女说了几句，二人匆匆离去，不一会儿又赶了回来，手里带了两只烧鸡。

好嘛，真的把他当小叫花子了。

少年将烧鸡递到忽罕邪面前："吃吗？"

忽罕邪本来是想很有骨气地拒绝，堂堂禺戎七王子，怎么能吃嗟来之食呢？所以他只吃了个鸡腿。

少女将另一只鸡腿隔着油纸掰了，也递给他："还要吗？"

忽罕邪这回没有纠结，直接拿过来吃了。

中原人饲养的牲畜肉质确实与禺戎不同，软嫩多汁，吃进肚子里像没有吃过一样。少女刚啃完一个鸡翅，忽罕邪就已经风卷残云地消灭了一只鸡。

他望着少女，抬了抬下巴道："你把面纱摘了呗。"

少女一愣，摇摇头："不行，不能摘。"

齐人规矩那么多？忽罕邪皱眉："为何？这大街上不也挺多女的没戴面纱吗？"

少女犹豫了一瞬："我丑，怕吓着别人。"

少年差点笑出来，但是忍住了。

忽罕邪没法接话，有些尴尬地想要挠头，却被少女一把抓住了。

"擦一下吧。"她从怀里掏出一张绢帕，"喏。"

那张绢帕上还带着少女身上若有似无的香气，好像是一种花香，但是忽罕邪从来没闻过。

少年上下打量了忽罕邪一眼，拉起他："走，我们带你去河边洗把脸。"

忽罕邪本就不是真的叫花子，一洗漱，整个人都干净不少。他将湿漉漉的头发一并梳到脑后，露出光洁的额头和深邃的眉目。

少女看着他，有一瞬的呆愣："你长得……和我们不一样欸。"

忽罕邪比这个少女还要矮半个头，他不喜别人用异样的目光看他，便从少女的面前移开："因为我不是齐人。"

少年瞧了瞧他："看你样子，有点像西域人。"

忽罕邪心想，西域个鬼。

少年："你为什么会来齐国呀？"

"来玩的。"

少女："就你一个人吗？"

"和伙伴走丢了。"

少女拊掌一笑："那我们带你找朋友吧，反正我们今天是玩不成了，玉牌都丢了，也得去找。"

忽罕邪有些警惕地看着他们。

少年看清楚他眼里的神色，笑道："你别怕，我们只比你大一点，还能把你拐走不成？"

少女点点头："何况你那么大了，没有哪家要小孩儿要你那么大的。"

忽罕邪咬牙："你倒是挺懂行情。"

少女大笑着推他走上街。

行至一处，少女指着一个摊位道："这是馄饨，朱雀大街上最好吃的一家馄饨！你要尝尝吗？"

忽罕邪已经饱了，他现在心心念念的就是如何找到阿莫，与他一起回去。

少女见他没反应，也没恼，转头又去同她哥哥讲话："哥哥，你说我那个玉牌会不会……会不会丢在项府门口了？"

少年倒吸一口冷气。

今日项宰辅又纳妾了，赵家娘子气急败坏，将那妾室打出了门庭。他们也不是有意去凑热闹的，只是正巧赶上了，就看了几眼。奈何项家的人出来赶他们这群看热闹的人，他们不想被认出，只好匆匆离开。

怕真是那个时候丢的。

"我们去找找吧。"

少女点点头，回头对忽罕邪说道："我们要去一个地方找东西，你一起吗？"

反正没别处去，忽罕邪便跟上了。

三人在朱雀大街拐了弯，拐进了宣阳坊，一路摸着去了项府。他们正走在石子路上，听后头传来马车滚地急促之声。少年回头，一把拉过少女，忽罕邪侧身一挡，将马车溅起的污水挡在自己的身前。

少年看着马车上挂着的"项"字灯笼，蹙了蹙眉。

马车里的人走了出来。正是项家大郎项望岳。他一见那少女，眼睛闪了闪，笑着迎了上来："二位贵客莅临，有失远迎啊。这位是……"

少年将少女和忽罕邪都挡在身后:"我们只是出来玩的,还请项公子……就当作不知道吧。"

项望岳笑了笑:"那是自然,您的吩咐,无有不从。只是二位深夜前来,不知……"

"来找样东西。"

项望岳好似恍然大悟:"哦,在下明白了,是……这个吧。"

他摊开手掌,上头稳稳当当地躺着一枚玉牌。

少女正要上前,却被少年一把拦住:"正是,多谢了。"

"哪儿的话。二娘子的东西,在下必定是好好收着的。"

少年显然不想与他多说话,拿起玉牌就抓着少女的手离开了。

"女子贴身之物,他就那么清楚?到底没安什么好心!"

少女不说话,低着头被少年拉着走。

忽罕邪望了她一眼,一把抓住少年的手:"哎!别走那么快,没看见她跟不上了吗?"

少女有些气喘吁吁,对少年摇摇头:"我没事。"

少年停下脚步,将玉牌揣进自己怀里,叹了口气,说:"走吧,哥哥带你去吃馄饨。"

三人再次回到馄饨摊子,老板都快收摊儿了。少年好求歹求,还给了三倍钱,才求得老板重新开张。

忽罕邪真没吃过这滑溜溜还带汤的东西,他拿着勺子,有点无从下嘴。

少女笑着看了他一眼,端过来他的碗,替他加了一些醋与花椒搅拌一番,又移到他面前:"好啦,吃吧。"

忽罕邪望了她一眼,默默地低下头,舀起一个塞进嘴里,突然咳嗽起来:"好呛——"

"哈哈哈——"少女大笑,"就这点你就受不了了?果然是西域人,哈哈哈哈——"

忽罕邪被呛出了眼泪,根本没时间去理会少女的嘲笑。

逐渐又有摊子收起来,少女忽然瞧见了什么,拍了少年一下:"哥哥,那边,那边那个首饰摊子!快,玉兰簪,快!"

少年瞅准摊子,撂下勺子就跑过去。

忽罕邪擦干净眼泪:"这又搞什么名堂?"

"你不知道,这样的摊子啊,一般在收摊儿的时候卖得最便宜!我们就等这个时机呢!"

中原还有这道理?

"你刚刚口中说的,是什么?"

"玉兰簪,玉兰花呀,你不知道吗?也对,我听说西域尽是沙漠,若是有树,最多的也是胡杨,对不对?"

忽罕邪又不是西域人,哪知道这些?他只是点了点头,蒙混过关。

"哎呀,那可太可惜了。你不知道,在齐国,一年四季可有

192

好多花儿呢！春天有栀子、桃花、杏花、玉兰，夏天有荷花、茉莉、睡莲，秋天有桂花、菊花、石蒜。对了，你知道在天竺石蒜又叫什么吗？叫曼珠沙华！是不是很好听？等到了冬天呀，梅花、腊梅、茶花……不过，在长安看不见，你去江南定是能看见的，你甚至能看见白雪落在柳枝上，落在红色的茶花上。"少女侃侃而谈，长安的烛光落在她的眼里，像星星一般。

忽罕邪看着她，突然问道："那你最喜欢什么花呢？"

少女歪着脑袋想了想，说："嗯……玉兰吧。此前我和哥哥一起种过，我还看见它开花了，可香了。我喜欢玉兰。"

"好。"这话一出，忽罕邪都不知道自己到底在"好"什么，他是在答应她什么吗？真奇怪。

少年买了那玉兰簪子来，摇着头叹气道："也不知道这些东西你为什么那么喜欢，家里又不是没有更好的。"

少女哼了一声，说："这不一样嘛……"

忽罕邪瞧着她，忽然看见站在大街上怔怔地看着他出神的阿莫。他立马站了起来，跑过去抱住他："阿莫！你怎么找到这儿的？"

阿莫哀怨地看着他："我到处找你，你竟然在这边吃饭？"

忽罕邪干干地笑了两声，拉着阿莫走到席间，递上那满是花椒的馄饨。

阿莫望了一眼，抬眼看他："你自己吃吧，七王子。"

少年和少女听不懂他们的对话，凑近问道："这是你的朋友吗?"

忽罕邪点点头:"是。"

少女笑了:"那我们算是完成任务啦。这些钱给你们,你们回西域路途遥远,多带些盘缠吧。"

那是个绣着缠花枝的丝绸荷包,还带着与少女身上相同的香味。

是……玉兰香吗?

少年和少女朝他们行了礼,正要作别,却被忽罕邪叫住:"等等。"

少女回头:"怎么了?"

"那个……"忽罕邪抿抿嘴,朝少女走近几步,轻声问道,"你说的那个玉兰……怎么种的?西域能种吗?"

少女掩嘴笑了,弯弯的眼睛似月牙,即使隔着面纱,忽罕邪还是能够感受到她的愉悦,却不带任何嘲笑的意味。她促狭地眨了眨眼睛:"能啊。嗯……用种子!我和哥哥是用种子种的!你可以试一试?"

忽罕邪信誓旦旦地点头:"好。"

"念念,我们该走了。"少年向少女伸出手。

少女跑向他,回头又望了忽罕邪一眼:"再见。"

再见,是真的再见。

忽罕邪朝她挥手,与阿莫往反方向走去。

"等以后我成年了,让父王帮我求娶一位齐人公主吧。"他忽然说道。

阿莫没什么反应,只是复述了一遍禺戎王的话:"齐人太过瘦弱,细胳膊细腿,连骑马都不会。"

忽罕邪撇了撇嘴,就是不服他老爹,嗤笑出声:"那又怎样?老子就是喜欢。"

二

姜瑨君十五岁嫁过来的时候,忽罕邪还在战场上驰骋。他听说齐国求和,要送过来一个公主,那个公主还是自愿和亲,只求禺戎与齐国未来五十年和平相处。

嗬,五十年,五年都是便宜他们的,还五十年?忽罕邪满不在乎,叼着狗尾巴草嗤笑道:"这中原,也不是很厉害啊。父王当初还让我去中原多看看,有什么可看的……"

阿莫喝了口水,说:"那你当初还要王上替你求娶齐人公主……"

"这不没必要求娶,自己就送来了吗?"

"那个公主是嫁给王上,又不是嫁给你。"

忽罕邪一噎,抿抿嘴:"我……我知道啊,我这还没成年呢,不急。而且……阿莫,你说女人有什么好?"

阿莫一愣,摇摇头:"我不知道。"

"嗐,我问你干吗,你怎么可能知道?"忽罕邪坐在石堆上,手肘半撑着身子,若有所思,"你说……那个齐国公主,到底长什么样？"

忽罕邪忽然想起曾经在齐国遇见的那位姑娘，只可惜没能见到真容，不过，她一定很好看。

想至此，忽罕邪笑了笑，不由得出神。

阿莫拍了拍他："王上要我们十日后回去，去迎接那位齐人公主。可庆典我们肯定是赶不上了，送点东西过去吧。"

忽罕邪咂咂嘴："齐人喜欢什么啊？"

阿莫："我让你给王上送礼。"

你是傻了吗？

忽罕邪："……"

二人没有在前线多逗留，留下战俘让剩下的将领带回来，便先行回王帐营地。

他们跨过草原山川，天山近在咫尺。忽罕邪挥着马鞭，踏过河流，突然听见一声尖叫。所有人立马戒备，挽弓搭箭，循着声音传来的方向看去。

来者却是一个手无寸铁的小姑娘。

她穿着玄红相间的曲裾，束着堕马髻，直接冲进他们的军队，指着忽罕邪大骂道："你们做什么糟蹋我的庄稼！这些都是我从家乡带来的！你们把它们踩了，我要是没有种子，岂不就再也种不了了！"

小姑娘昂着脖子说了一大通，可忽罕邪什么都没听进去。他看着她因为生气而微微涨红的脸，面颊白皙清润，一双凤眼怒睁着，带着愠色却也极有生气，就像草原上机灵又活泼的小兔子。她叉着腰，昂着头，露出颀长的脖颈，衣领因为昂头的动作微微撑开，细嫩的前胸若隐若现。

忽罕邪看着她，喉结滚动了一下。

那姑娘骂完了，怒瞪着他。

忽罕邪来了兴致，原来齐人公主是这样刁蛮骄横的性子，有意思。他收起剑，弯下腰，头发垂在身侧，笑着问她："齐人？你哪儿来的？"

他真是明知故问，不是齐国还能是哪儿？

那姑娘更加硬气："我叫姜瑨君，是齐国的公主，禹戎王的妃子。"

真的是她，可惜现在是父王的人。

忽罕邪笑了笑，朝她招招手。

"你……你想干吗……"姜瑨君后退一步，拢紧了衣领，"你……你是谁啊？"

"我是谁？"忽罕邪驱马上前，一把抓过她的衣领，拎她上马，甩开马鞭就朝营地跑去，"我是禹戎王的第七子，这片草原的七王子，幸会啊，齐国公主。"

当天，姜瑨君被忽罕邪整得半死不活，吐了好半天才缓过劲来。

忽罕邪被父亲教训，说不要欺负齐国来的客人。忽罕邪听得漫不经心,答应道:"好呗,我明儿就去赔罪。"

他开始教姜瑁君说禺戎话。

那时候姜瑁君身子还没好,每日躺在床上睡觉。忽罕邪一来,她就装死。

这也是忽罕邪儿时惯用的伎俩,岂会不知她心里的小九九?他也不逼她,就坐在榻边,拿着书一段段给她念。

可姜瑁君哪里听得懂,最后她实在忍无可忍,从被子里钻出来,头发乱糟糟的,吼道:"我听不懂!"

忽罕邪见这办法奏效,笑道:"没事,我可以教你。我父王让我来向你赔罪,所以这任务,我必定是要完成的。"

姜瑁君用被子遮着自己的身子,伸出手指了指帐外:"那你先去外头待着,我洗漱好了你再进来。"

忽罕邪是知道齐人规矩多的,是以从善如流,起身去了帐外,等她衣服换好再进帐子。

姜瑁君换了禺戎的衣袍,看得忽罕邪一愣。姜瑁君比他们瘦弱许多,加之年纪小,穿上禺戎宽大的衣服,整个人就像被包裹在厚实的毛毯之中。她披着墨黑的长发,毛领上只露出巴掌大的脸,更像一只仓皇的小兔子了。

忽罕邪抑制住想揉她脸的冲动,拿着书坐到几案旁,看她已经把笔墨准备好了,便惊讶道:"还挺自觉。"可又看见她的笑,心中不确定,问道,"这笔墨……给谁准备的?"

"你啊。"姜瑁君笑着将东西移到他面前,"七王子悉心教导,瑁君也是有东西要换的。"

"什么?"

"汉字。"她笑了,"七王子汉话说得流利,可就是不知这汉字写得如何了。"

忽罕邪没想到这个小女子竟狡猾至此。他汉话说得好,是因为禹戎有齐人,他从小就听他们说,可若是论汉字,他是一点都不会写。在他看来,那就是鬼画符,明明看起来都一样,为什么就是有不一样的意思呢?

说罢,姜瑁君已经在纸上写下了"忘八端"三个字,递到他面前:"喏。"

忽罕邪挑眉:"什么意思?"

"你的名字呀。"姜瑁君用手掌撑着脑袋,眼睛忽闪忽闪地盯着他。

忽罕邪一笑,点了点中间的一个字:"这个是八,我只是不识汉字,不是傻子。你骂我呢吧?"

姜瑁君望着忽罕邪,"扑哧"一声笑了出来,越笑越大声:"哈哈哈——看来不傻呀。"

忽罕邪也笑了:"这样吧,你教我你的名字怎么写。你总不会咒自己吧?"

姜瑁君笑着提笔:"好啊,我的名字可难了,你肯定学不会。"可她写着写着,笑容却没了。

忽罕邪一愣:"怎么了?"

姜珥君敛起笑容，望着自己的名字出神，突然就哭了。

忽罕邪手足无措，他不知道自己做错了什么，惹得她伤心，只是一味地哄求："你怎么哭了？我怎么你了？不学了呗。不学了不学了，不学禺戎话了，你别哭啊……"

姜珥君抽着鼻子，抹去眼泪，朝他笑了一下："没事，我只是……想家了。"

在以后的很多日子里，忽罕邪总是能看见姜珥君坐在山坡上看月亮，不管是满月还是新月。忽罕邪曾怀疑她是不是草原上的狼变的，怎么一到晚上就想去看月亮呢？

禺戎的秋天很冷，忽罕邪从校场回来，依旧看见姜珥君坐在山坡上吹风，单薄的背影，不管多厚的衣袍都撑不起来。她的饭都吃到狗肚子里去了吗？

忽罕邪招呼阿莫："去，把我的狐裘拿来。"

他拿着狐裘，不知该如何靠近姜珥君，姜珥君却是先一步发现了他。

她擦了擦眼泪，扭过头来："七王子怎么来了？"

忽罕邪喉间苦涩，不知该如何作答，只是把狐裘披在她的身上。

姜珥君错愕一瞬，连忙把狐裘拿下来，还给他："如此不合礼数，七王子，还请收回吧。"

忽罕邪突然就是不想听她的，抓过她的手腕，不让她动弹，自行把狐裘披在她身上:"夜里凉,披上。"

姜瑠君不说话,也没拒绝。

忽罕邪在她身旁坐下,姜瑠君挪了挪位置。

忽罕邪瞧了她一眼,叹了口气,说:"你为什么总是喜欢看月亮?"

"你不知道,我们的诗人总喜欢写月亮来表达思乡之情。"

"你想家了?"

姜瑠君不说话。

忽罕邪问出了在心里憋了很久的话:"可你不是自愿来的吗?"

她笑了,隐隐含泪的眼睛望向他,用哀伤而低沉的语气回应:"是啊,自请和亲的。"

只是一句话、一个眼神、一个动作,忽罕邪却没来由地紧张。初见的嚣张跋扈是她,平日聪慧狡黠的是她,如今哀婉低沉的也是她,她到底是什么样的呢?忽罕邪不禁在心里问道。

他越来越觉得不对劲,自那日月夜谈心过后,他无时无刻不想着姜瑠君,他想知道她为什么那么悲伤,明明那么悲伤,平日里却又一直都是笑着的。他想不出所以然,所以他决定直接去问。

他来到姜瑠君的帐子前,却没有直接进去。里头传出轻轻的歌声、琵琶声和有节奏的脚步声。

她是在跳舞吗?

忽罕邪伸出手想撩开帘子看看她到底在跳什么舞，却又听见她们说道："公主，你跳这个舞，王上会喜欢吗？"

"不知道啊，不过这是我在齐国学得最好的一支舞了。哥哥也说我这支舞跳得最好，便选这支吧。"

忽罕邪的手僵在一处，缓缓放下。对啊，她的舞合该是给他父王看的，不是给他。忽罕邪想要离开，却又挪不动步子，他悄悄地躲到帐子后面。他进过姜瑁君的帐子，对里面的构造了如指掌，哪里是床榻、哪里是屏风、哪里是她的梳妆台，忽罕邪一清二楚。

他隔着帐子藏在姜瑁君的梳妆台后，看着帐子上她的身影。

忽罕邪曾去过中原，见过中原垂柳的模样，就好似现在姜瑁君的腰肢，曼妙、柔软。她手上的东西叫水袖，他也在中原见过，一挥一抛之间，有江上波涛的起伏，亦有静夜湖面的涟漪。

齐人真的与他们草原儿女不同，若他们自己是遨游苍穹的鹰鹫，那她姜瑁君就是中原春天屋檐下小巧玲珑的雨燕，只要望一眼，便让人心生怜意。

忽罕邪就在那里坐了整整一夜，姜瑁君也练了整整一夜的舞。

可她终究没能在禹戎王的生辰庆典上献上自己的舞蹈。

王后说姜夫人身子不适，不用参加庆典了。

姜瑁君哪有什么不适，她好得很。她知道王后不喜欢她，可如今她人微言轻，王后想要拿她怎样都是可以的，还是命重要。

玉堂还为此愤愤不平，说："公主练了那么久，全部白费了。"

姜瑁君就笑："我不愿做禺戎王的妃子，你又不是不知道，可如今形势比人强。我为了齐国也要努力讨他欢心，这舞啊，是一定得练的，如今跳不成，不一定以后跳不成。"

这厢的人还在苦恼，那厢的忽罕邪却高兴了，笑着来找姜瑁君，笑得姜瑁君直接推他出门外："七王子，你怎么又来了？"

"听说你舞没跳成？"这话在姜瑁君耳朵里多半是幸灾乐祸。

姜瑁君白了他一眼："你开心个什么劲？"

"你不如跳给我看，也算不枉费你一片苦心？"

"滚。"

因此前王后说姜瑁君身子不好，禺戎王心里记着，便要来瞧。可姜瑁君根本没病啊！她就十分识时务，为了圆王后的谎，装病——病得下不来床的那种，还让曹芦一同圆谎。

禺戎王询问了几句，又送了些东西，留下句"好生休养"便走了。

姜瑁君松了口气。

禺戎王前脚刚走，王后的人后脚就来了。

来的人神色轻蔑，笑了一声，道："王后体恤姜夫人，也送来些东西。您就再休养几日，好好养养身子。"

姜瑁君跪着点头："是，一切都听王后的。"

因为过过忽罕邪母亲手底下的生活，之后桑歌来了，她大大咧咧、心无城府，可让姜瑁君松了一大口气。

王后走后，姜瑁君本以为能够清静一会儿，不承想忽罕邪又来了，吓得她抄起家伙就和他对峙："出去。"

忽罕邪就笑："你最近真是越发没规矩了，见到我连'七王子'都不叫，上回还直接让我滚。"

因平日里相处没有隔阂，姜瑁君同他说话有些口无遮拦，被他那么一提醒，咬了咬自己的舌头，赔笑道："七王子，你母亲方才还派人来过，让我静养。您就请先回去吧，行吗？"

"不行，我是来拿东西的。"

姜瑁君咬牙："你来拿什么东西？"

"贺礼。"

"贺礼？"

忽罕邪挑眉："过不了几日便是我的生辰，你没有什么东西要给我吗？"

姜瑁君撇撇嘴："没有。七王子请回吧。"

忽罕邪拉住姜瑁君推他的胳膊，抓着她一同进了帐子。

要死了，这算怎么回事？他爹娘前脚刚走，后脚他就来自己这里撒野了？

姜瑁君见他一直盯着一本书，连忙往他怀里一塞："七王子，这就是我给您的贺礼，您收好。"

忽罕邪笑着望着姜瑁君，掂了掂手上的书本："行，今年的生辰贺礼就这个吧。明年再问你来拿别的东西。"

"还有明年？"

姜瑁君实在是怕了，从此以后不敢再在帐子里待着。孤男寡女共处一室，这要是被人知道，于忽罕邪而言不过是风流事一桩，于她却是灭顶之灾。

姜瑁君决定去山坡上骑马，大庭广众之下，众目睽睽，他总不敢再来了吧？

事实是，他敢。

十四岁的忽罕邪带着少年郎的孤注一掷和奋不顾身，他不遮掩，将自己原原本本的心思就这样暴露在她面前。他以为这是他的担当，可对于姜瑁君而言是难以回应的负担。

"七王子，你真的别跟着我了，我求求你了。"姜瑁君颠着小马本想去天山，如今有忽罕邪跟在身边，她根本不敢一个人去。

"你要去天山吗？我同你一起去。"

姜瑁君抿了抿嘴，摇摇头，驱马回到帐子旁，跳下马就往帐子里走："我不去了。"

忽罕邪跟了上来，看了一眼她的神情："你心里难受？"

"没有。"

"别骗我，你只要心里难受就会这样。我带你去一处地方看看，也是在天山脚下，可漂亮了。"

"我不去。"

"你去不去？"

"我不去！七王子，先前您踩坏我小芽的罪已经赔够了，真的不需要……啊啊啊啊！你放我下来！"

忽罕邪一把扛起姜瑁君，抱着她坐到马背上，然后将她圈在怀里，动也不能动："不行，今天你必须去！"

他带着姜瑁君来到天山脚下——一片金灿灿的油菜花田夺目耀人，远处雪山连绵不断。这是忽罕邪认为的禹戎最美的景色，可姜瑁君哭了。

这让忽罕邪简直摸不着头脑。这里不好看吗？他觉得挺好看的啊！

他开口问道："你怎么了？"

"我想家了。"

忽罕邪去过齐国，他望了望眼前的雪山，问道："哪个方向？"是这个方向吗？所以她触景生情了？

"在东边，齐国春天的时候会有很多很美的玉兰花，我想看玉兰花。"

玉兰，忽罕邪觉得自己好像在哪里听过这个名字。

回去后，他回忆、看书、问旁人，终于想起来玉兰是个什么东西。

那会儿正值西部叛乱，禹戎王带着他哥哥去讨伐西部落。忽罕邪送行后便去找种子。

他记得的，曾经有个中原的小姑娘告诉他，玉兰是用种子种出来的。可他没见过玉兰，也不知道玉兰种子长什么样。他就去问齐国来的齐人玉兰的种子长什么样子。

那人告诉他，玉兰若是用种子种，在北方很难存活，不如种棵树。

忽罕邪表面上没说什么，心里却骂骂咧咧的："还说种树？都说了是用种子种的了。"

他又问了几个人。

那几个人告诉他，玉兰的种子比拇指盖大点，棕色，有些像剥了外衣的栗子。

忽罕邪又问栗子是什么。

那人就给他画了出来。

又过了好几日，他终于找到了比较像模像样的东西，攥着一把又想去姜瑁君的帐子，结果吃了闭门羹。

忽罕邪硬是挤了进去，将种子递给姜瑁君看："这是玉兰花。齐国的玉兰花你就不要想了，我在禺戎给你种，也是玉兰。"

很久很久以后，忽罕邪总是喜欢用这话来哄姜瑁君。可他当年是真的把种子种在天山脚下了，只是等了几个月去看，没有发芽，挖出来一瞧，种子都烂了。

番外二 春宵

忽罕邪没来由地紧张，他叫人去将姜瑁君叫了过来，实在是因为头脑一热，什么都顾不得了。

但是现在他有些后悔。

老禺戎王的丧礼刚过三个月，他继位为王，收继他父亲的姜室以显恩德，这是常理之中的事情，召幸自己的妃子也是常理之中的事情。可他为什么就是那么紧张？一想到待会儿姜瑁君就要沐浴梳洗，装扮好了来到他的王帐，他就坐立不安、口干舌燥。

几案上的水都被他喝完了也没敢再叫，就怕外人不小心撞见姜瑁君，惹得她难堪。

忽罕邪坐在王座上，难耐地深呼吸。

"王上。"有人喊了他一声。

他"噌"地站起来，不小心带倒了桌上的酒壶，乒乒乓乓一阵响动。他又急急忙忙将酒壶扶正。

姜瑁君已经在侍从的带领下走了进来。他想上前去接人，结果又踢到了脚边的几案，一脚掀翻。

忽罕邪不耐烦地在心里抱怨，真是怕什么来什么。

姜瑁君见到眼前这幅场景，愣了愣，抬手示意侍从下去。

侍从识相地放下帘子，退出帐外。

帐内温暖、暧昧的烛火摇曳，姜瑁君方才梳洗完，只穿了件轻纱裙袍，外头罩着禺戎的裘衣，她披散着长发，秋水剪瞳，肤如凝脂，在火光的映照下如同一块洁白无瑕的美玉。

忽罕邪有些看呆了。

姜瑁君叹了一口气,轻轻地走上前,将忽罕邪脚边的几案扶正,又站直了身子,面对着忽罕邪道:"找我?"

找我?她的语气竟然轻松随意至斯!

忽罕邪难以置信,自己这般紧张无措,她竟然如此淡然自若。好吧,毕竟她已是成亲三载的人了。忽罕邪这样宽慰自己,尽量不让自己在姜瑁君面前显出尴尬的生疏与难耐。

忽罕邪比姜瑁君高出许多。他居高临下地看着她,能看见她眨眼时轻轻扇动的睫毛,因为呼吸而微微起伏的锁骨和胸膛。明明只是初春,他却感觉很热,便没头没尾地说了一句:"我们把炭火灭了吧。"

姜瑁君惊愕地抬头:"现在还是初春。"

忽罕邪别过头去,不再看她,喉结滚动:"我热。"

"可我冷啊……"姜瑁君有些委屈,又紧了紧身上的裘衣,"禺戎的冬天比齐国长,还更冷,每到夜里我都睡不好觉。你竟然还要灭炭火?"

姜瑁君微微蹙着眉控诉他。

美人含愁,忽罕邪见了心一软,连声哄道:"是我的不是,不灭了不灭了,我再让人加点。"

姜瑁君听他这话,笑了出来,如天光乍泄般明媚:"谁让你再加点?炭火冬日最是珍贵,你嫌多,百姓们还嫌少呢!"

忽罕邪见她亦娇亦嗔的模样,心都被酥化了,忘情地抓住姜瑁君的手,想替她暖暖:"你还冷吗?"

210

姜瑁君一惊，想抽手却没抽动，低着头喃喃道："你松开我。"

忽罕邪没动，握得更紧："我为什么要松开你？你是我的人了。"

姜瑁君脸上飞霞，映得肤色更是白里透红。她急眼了，挣脱得更加厉害："忽罕邪，你松开！"

"我不。"忽罕邪如同一个孩子抢玩具般倔强，借力一把将姜瑁君拉进怀里紧紧抱住，扣着她的后脑勺抵在自己的胸膛上，"我就是要这样，你又奈我何？"

姜瑁君慌了，心也跳得毫无章法，她听着忽罕邪的心脏清晰有力的搏动，好似二人同呼同吸，连心跳节奏都是一致的。

姜瑁君紧张地攥着他的衣角，微微抖着声道："我们……我们先喝酒吧。我们齐人成亲当晚都是要喝合卺酒的！"

忽罕邪是知道这个礼节的，也知道她想家，便特意命人去找来了葫芦，对半切开，准备好了才叫她过来。

一切都是有预谋的。

忽罕邪答应了："好。"

姜瑁君想借此扯开忽罕邪的桎梏，谁承想他却直接揽住她的腰让她坐在自己腿上，口中的热气氤氲在她耳边，他喊了声："瑁君。"

姜瑁君愣住，从前忽罕邪也想这样叫她，被她连连拒绝。老禺戎王还在时他就这样，还要不要命了？

忽罕邪终于喊出了这个在肚里、嘴边百转千回的名字，忽觉没有了任何顾忌，怀里的这个女人从今往后都是他的了，他想喊什么就喊什么，想在什么地方喊她名字就在什么地方喊她名字。

想至此，他又笑道："瑁君。"

"你——"姜瑁君感受到他的恶趣味，微微挣扎。

忽罕邪牢牢地环住她的腰，脸颊贴着她的耳鬓，带着点命令的口吻说道："斟酒。"

姜瑁君受制于人，不得不听从。她前倾身子去拿葫芦与酒壶。忽罕邪顺势将她身上的裘衣脱下，她里头只穿着轻薄的几层纱衣，肌肤隐约可见。忽罕邪撩起她后背的头发移到前侧，情难自禁，在她后背落下一个滚烫的吻。

姜瑁君的脸不可抑制地涨红，她扭了扭身子，想躲过一点点。

忽罕邪轻笑着抬起脑袋，接过她递过来的半个葫芦，问道："怎么喝？"

姜瑁君低着头说道："你喝你的，我喝我的。"

忽罕邪有些不解："合卺酒这么喝的？怎么喝得像分家？"

姜瑁君被他的憨态逗笑："喝完再告诉你。"

禺戎的酒是真的烈，一口就让姜瑁君从喉间烧到了胃里。她掩着唇咳嗽。

忽罕邪拿过她的那半个葫芦将酒喝尽，迫不及待地问道："然后呢？"

姜瑁君看自己的酒没了，愤愤地拍了一下忽罕邪："那是我的！"

忽罕邪又不解了："你不是喝不完吗？"

姜瑁君被酒烈得咳出了眼泪，又被他逗笑，眉眼如画，两颊生霞，美不自知。她接过忽罕邪手中的两半葫芦，将它们合到一起再用红绳绑好，递给忽罕邪看："你瞧，这才是合卺。"

姜瑁君秉持着尽职尽责普及习俗的态度和他说着话。

可忽罕邪眼里不是什么葫芦、什么合卺，他看见葫芦唇印相合，脑内仿佛炸开了惊雷，耳边嗡嗡作响，什么都顾不得了。

"瑁君。"他又喊了一声，却不似先前那般是为了好玩。他声音低哑，带着些隐忍多年再难自抑的爱意与情欲。

他吻上了姜瑁君的唇。

他将葫芦从她手中抽走，认认真真地抱着她，体味她身上的触感和她嘴里的味道。

姜瑁君微微颤抖，难得间隙，轻轻地喊了一声："忽罕邪，我……"

忽罕邪再也忍不住，双臂垫着她将她整个人托抱在怀里，仍旧亲吻着她，一路走到榻边将她放下。

忽罕邪是认认真真做过功课的人。他知道汉人喜欢红色，大婚之时，总是要以红色点缀。是以他叫人将自己的王帐用红色装点，有鸳鸯帐、龙凤烛、红枣、花生、桂圆、莲子。

真是难为他费心。

姜瑁君看着入目的红色，竟也升起心痒难耐之意。

忽罕邪趴在她的颈间，带着点小小的狠劲啃咬，似要将她拆吃入腹。

"嘶——疼啊。"姜瑁君抱着忽罕邪的脑袋，手指插进他的发间，疼得娇嗔、抱怨。

忽罕邪拉下她的手，与她十指相扣，抬头问道："还冷吗？"

他问得认真，姜瑁君顿了顿，也回答得认真："不冷。"

忽罕邪得逞地勾了勾嘴角，伸手去解她的衣带。

姜瑁君这才觉得酒开始上头，她绵绵软软地握住忽罕邪的手，轻声道："你……等一下。"

"我等了很久了。"忽罕邪看着她。

忽罕邪将二人的衣物都扔下榻，坦诚相见。姜瑁君脑袋晕晕胀胀，瞥了眼忽罕邪，忽然倒吸了口凉气。

他胸上有一道从左肩延伸至右腰的疤痕，看如今的样子，当时应是深可见骨、险些丢命的伤。姜瑁君被这疤痕吸引，目露担忧与惊吓。

忽罕邪看她这副样子，笑道："心疼了？"

姜瑁君没有回答他，她抬手轻轻抚上那些斑驳的痕迹："还疼吗？"

忽罕邪盯着姜瑁君的面庞愣了半晌，渐渐回过神来，笑容在他脸上绽开。他迫不及待地抱起姜瑁君，亲吻她的额头、眼睛、鼻尖、嘴角，喃喃道："你心疼我，你爱我。姜瑂君，你爱我。"

姜瑂君似乎感受到了什么，抬眸直直地看着忽罕邪。

忽罕邪弯下身在她耳边哄道："瑂君，瑂君……"

姜瑂君张开双臂抱住了他——这具年轻而有力的身体，滚烫而温暖。

她像是被放在热水里煮，上下翻滚，无所适从，情欲烧得她有些迷糊，双手挂在忽罕邪的脖子上，脸颊乖顺地蹭了蹭他的鬓角。

忽罕邪满足地笑了："好乖。"

龙凤烛已烧了半截，夜已深，忽罕邪拉过被子，盖在二人身上。他抱着她，像是抱着无价之宝。

身上汗涔涔的，姜瑂君有些难受地动了动。

忽罕邪按住她，无奈地叹了口气，说："你不是要歇会儿吗？别乱动。"

姜瑂君浑身上下都酸痛，也不敢再去惹他，便乖乖地被他抱在怀里，困意渐渐袭来。

忽罕邪抚摸着她的脊背，不停地亲吻着她汗湿的额头，揉着她柔软的腰肢，将她贴近自己的胸膛，呼吸之间，皆是她的香气。

这种香味，忽罕邪突然觉得有些熟悉，好像在哪里闻到过，

215

可就是怎么也想不起来。

姜瑁君实在被他抱得喘不过气，轻轻推了推他："我热。"

忽罕邪听这话，心里有些烦躁：早知道把那炭火灭了，以后只要瑁君来，都不生炭火了。

忽罕邪没有放开她，只是稍微挪开了点身子，唇瓣抵着姜瑁君的额头："明日跟我去趟天山吧。"

"去做什么？"姜瑁君窝在他的怀里，安稳地快要睡着了。

"去祭祀天山。"

"只有王后才可以和王上去祭祀天山的……"

"我如今已经是禺戎王了，想封谁做王后不行？"

姜瑁君叹了口气，越发迷糊："那阿勒奴……"

"我不要他们，我就要你。"忽罕邪低头看了眼已经睡着的人儿，又轻轻地印了一个吻在她发间，"我就要你做我的王后。"

番外三

年年岁岁花相似

姜褚易在二十二岁的时候有了自己的第一个孩子，起名姜祁玉。

姜祁玉五岁时便显现出过人的机警与聪慧，姜褚易是想把他当作太子来培养的。可姜祁玉叛逆得很，一知道当太子后要被关起来没日没夜地读书，就拼命往外跑，若是被人看守住了，他就装睡、绝食，说什么都不肯读书。

姜褚易无法，就想着，再等等看，等孩子长大了，或许会听话点。

可直到姜祁玉长到十七岁还是没有变，不喜欢说经论道，就喜欢每天看些诗词话本子，一闲下来就喜欢和世家子弟一起溜出宫去吃小摊、听说书、骑马、玩蹴鞠，没有一点皇长子的样子。

刘之华也时常教育他，可孩子大了终究是一点都听不进，偏偏他又是头一胎，爹娘都疼爱，一句重话都不舍得说。

她同姜褚易抱怨。

姜褚易本来的怒气也被这十几年磨没了，只是长长地叹了口气，说道："随他吧，他若志不在此，也强求不得。少年韶华能有几年，他如今逍遥自在，生在皇家也实属难得，随他吧。"

姜祁玉似乎感受到了他父亲放弃培养他成为太子的想法，自那以后留在宫里的时间也就多了，还时常去他那亲弟弟的地方显摆自己的快活，结果被亲弟弟赶出了门。

姜祁箴比姜祁玉小三岁，虽说是弟弟，但他举手投足、为人处世都比姜祁玉稳重、内敛不少，爱读书，对国事也极为上心，

218

像极了年少的姜褚易。

刘之华欣慰自己还有个能用的儿子,可姜褚易看着这个儿子,又是长长地叹了口气。

刘之华摸不准他的心思,有一次试探地问道:"陛下……觉得祁箴如何?"

姜褚易笑了笑:"像以前的我。"

刘之华在心里舒了口气,她又望了眼姜褚易的神色,问道:"那陛下见到祁箴为何总是叹气?"

姜褚易沉默半晌,方道:"我希望我的孩子们过得比我快活。"

姜褚易十四岁以太子的身份被接进宫,他身边的所有人都告诉他:"你是这个国家未来的帝王,贪玩享乐不是你该做的,你应当勤勉刻苦、宵衣旰食,你不能辜负任何人的期望,否则,你就不该被送进这宫里来。"

姜褚易想反驳,想大喊——根本不是他想进宫!他是被送进来的!

可他也知道他不能喊,一个国家的重担放在他肩上,他若逃避,那就是懦夫。

做太子的那些年,他真的很苦。

可也不是最苦的。

姜褚易想起了一个人。他把姜祁玉叫到跟前,问他愿不愿意出使禹戎给忽罕邪送贺礼。

姜祁玉一听能出国，想都不想就答应了。

姜褚易看他眉飞色舞的样子，笑骂道："小兔崽子，就这么不喜欢待在宫里？"

姜祁玉也不忌讳，直说道："宫里太闷了，儿子不喜欢。"

姜褚易听着，无奈地笑了："行吧，朕就放你出去，但是有个任务要给你。"

"什么？"

"去见见你姑母，帮我……带句话。"

姜祁玉就是这样见到姜瑁君的。

他回来后，姜褚易也没让他回自己的宫殿歇息，直接召去了清凉殿问话。

"我看姑母过得不错，忽罕邪待姑母还是很好的。"

姜褚易挑了挑眉："当真？你是怎么看出来的？"

"他很疼爱姑母生的孩子。"姜祁玉信誓旦旦道，"尤其是那个叫娅弥的，他们唯一的女儿，简直就是忽罕邪的眼珠子。"

姜褚易看了一眼自己儿子的神色，揶揄道："那姑娘好看吗？"

姜祁玉一拍桌子："好看极了！长得极像姑母。"

此话一出，姜祁玉看见自己父亲脸上的笑容，便知自己的心思没藏住，一下抖搂出来了。他有些不好意思地挠了挠头："我说，我的意思是……"

"等那个姑娘长大了,父亲帮你向禺戎求亲吧。"

姜祁玉愣在一处:"真的?"

姜褚易笑着点头。祁玉此番去禺戎求亲,被禺戎以公主年幼为由而拒绝,他也不甚在意。这本就是为了试探禺戎。来日方长,谁又知三年后的他们会不会改变心思呢?

当年,老师卢侯一再规劝,让他写信断了念念的心思,断了他们之间那段不可言说的情愫。他照做了。他觉得,或许只有这样,念念在禺戎才会安全。

懊悔、苦恼、愧疚,他夜夜辗转反侧,内心煎熬,却无他法。

若是如今念念的女儿能够嫁回齐国,那他这几十年惴惴不安的心也算是有了慰藉。

自从禺戎回来,姜祁玉似乎变了一个人,虽说还时常出门,但总会带些东西回来,让商队送到遥远的禺戎。

这一送就送了三年。

娅弥十五岁,草原上受尽宠爱的小公主长大成人,四方来贺百家求。

姜祁玉急了,连忙跑到勤政殿询问姜褚易如何是好。

姜褚易看自己儿子那么着急,笑他年轻不成器:"他们递求亲书都是往你姑母和忽罕邪那儿递,你就不会往娅弥那儿送?娅弥既是最受宠的女儿,那她的婚事定是由她自己做主的。"

真是关心则乱，姜祁玉拍了一下自己的脑门，又冲了出去，赶忙写信。

少年郎的心最是滚烫、赤诚，那封信一气呵成，行云流水，字字真切。他都没有改改，直接让人快马加鞭送去了禺戎。

姜褚易知道后，失笑，摇头："吩咐礼部准备聘礼，送去禺戎。"

可这聘礼还在半路上时，禺戎就传出了消息——娅弥公主出嫁西域乌善国王艾提。

姜祁玉知道这个消息后，抓住将信送出宫的宦官发了疯似的问道："你真的把信送出去了吗？你真的送到了吗？你是不是在半路上丢了，随便捡了封敷衍我？"

那宦官吓得跪在地上抖如筛糠："奴婢不敢，奴婢确实是将信送出去了，奴婢……奴婢也不知道啊……"

姜祁玉笑了："都是你们这些蠢货惹的祸，早知……早知我应该自己送过去，我应该自己送过去……都怪我自己，都怪我……"

姜祁玉天之骄子，自小便没有想要却得不到的东西。他以为自己能够娶到心爱的姑娘，能够带着她天大地大地任逍遥。可现在事实告诉他，这一切不过是他美好的幻想，是梦幻泡影，是黄粱一梦。

几个月后，娅弥成婚，而她留给姜祁玉的东西也送到了齐国宫中。

彼时的姜祁玉尚在勤政殿帮父亲和弟弟看奏折，一听见禺戎来信，撂下奏折就往外跑，跑到一半又回来给姜褚易行了个礼。

姜褚易叹了口气，摆摆手让他下去。

娅弥送来的是他那三年一点一滴为她搜集来的齐国小玩意儿。她都有好好保存。

姜祁玉本来以为这些东西会在他们成婚后，一起拿出来回味，如今却变成了他独自黯然伤神。

姜祁玉看着这些东西，在殿里坐了一宿，清晨叫来了人，要把这些东西烧掉。

侍女宦官们看得害怕，小声问道："大殿下，真的……真的都烧掉吗？"

姜祁玉摆摆手："烧掉！"

宦官们上前将那些东西用布裹起来扛到外头，正走到半路，却听姜祁玉在殿里大喊："放到我仓库最底下去，永远别让我瞧见！"

侍从们无敢不从，将那些东西全部搬到了姜祁玉仓库最隐蔽的地方，许久都没人去碰它们。

之后，姜祁玉娶亲离宫，有没有将那些东西再搬走，也是不得而知了。

在那些难熬的岁月里，姜褚易这个父亲其实懂得姜祁玉的心境，可他也没有去劝他。姜祁玉二十一岁以前的生活过得太过顺畅，少年郎要成长，有些坎坷是必要的。

就比如他自己。

那些曾经他无能为力的事情，他忍辱负重、韬光养晦几十载，终究能实现了。

姜褚易其实一早就打算好要攻打阿勒奴，所以他去了西域。他也一早就想好了怎么对付禺戎，所以他去见了念念。

可他发现，他心中的念念早就不是那个跟在他身后叽叽喳喳要糖吃的小姑娘了。

她还是很美丽，在他的眼里，岁月不曾蹉跎她半分。

她还是像玉兰一样恬静、温和，浅浅笑着时像雪入镜湖，乍起涟漪，颤人心弦，但终究……不是曾经的她了。

姜褚易要她跟他回去，她却拒绝了："哥哥，我若回去了，禺戎那边如何交代？"

"我如今不需要和他们交代了。"姜褚易说得生冷，可这也是事实。

二十五年来，他殚精竭虑，为的不就是不再受人桎梏、不再被人掣肘吗？如今的他要带回一个人，哪还需要看别人的眼色？

可眼前的这个人摇头："我不走了，我回与不回都已经不重要了。哥哥，我们当初的诺言和期许都已经实现了。你是个好皇帝。"

姜褚易不是没有想过这个结局。二十五载，她姜瑁君的心也不是石头做的，只是那个叫忽罕邪的男人真的对她好吗？

他拉过她的手，细细地摩挲着。从前的念念锦衣玉食，一双手只用来写字、作画，肤如凝脂，若是这双手生了茧子，不管她愿不愿意，他都要带她走。

可是，他没有摸到一处粗糙，除了年岁带给她的皱纹，没有别的。

姜褚易心中不知是失落还是庆幸，他松开她的手，放下车帘："你走吧。"

他知道了姜瑁君留在禹戎的决心，却不会改变他对战阿勒奴的决意。他要为齐国的百姓开辟太平安逸的盛世，这是必须做的。只是他在等，他把通关文牒给了姜瑁君，他在等她来找他。

回家，总比留在禹戎担惊受怕好吧？

念念那么聪明，肯定是知道的。

他等啊等，等来了阿勒奴求和，却没等到他的念念回家。

禹戎传来消息——左夫人姜瑁君薨逝。

年逾四十的帝王就这样笔直地站立着，眼中空无一物，良久才问道："那她还回来吗？"

报信者一愣，又说了一遍："皇上，公主她……已经殁了。"

姜褚易又是沉默，半晌又点头："哦，哦，我明白了，你下

225

去吧。"

他还是派人去了禺戎，说想把公主的遗体用棺椁接回齐国，与父母一同葬在陵寝。

使者去了半个月，灰头土脸地回来："禺戎王说公主嫁与他二十余载为左夫人，生养两子一女，必定是要和他合葬的。自古也没有出嫁的女儿死后葬回娘家的道理，是以，回……回绝了。"

这其实不是忽罕邪的原话，确切来说，忽罕邪一句话都没同他讲，直接叫人把他打了出去，只让侍卫们留下一句话："我的人，谁都别想动。"

"但……但是，"那使者怕姜褚易怪罪自己，便从怀中抽出一个物件，"这枚玉牌，是公主身边的曹姑姑给小人的，说公主回不来，这枚玉牌回来了，也是一样的。"

果然，姜褚易一见到这枚玉牌，本来掉出冰碴子的脸，一下子就融化了。他颤抖着手接过玉牌，摒退了众人。

没有人知道那天那个帐子里发生了什么，他们只敢远远望着——望见一道被夜晚烛光照射在帐篷上的颤抖而佝偻的影子。

齐国与阿勒奴打了好几年，终于平息了。阿勒奴唱起了"失我祁连山，使我六畜不蕃息；失我焉支山，使我妇女无颜色"的歌谣。姜褚易功成身退，将国事一点点交与姜祁箴，让姜祁玉好好辅佐弟弟。

他本以为姜祁玉会就此安安心心地待在长安，好好地做他的逍遥王。可这孩子披上了战甲，提起了长枪，自请前去军营磨炼，也不容姜褚易规劝，丢下长安的王妃和小世子，直接去了大西北。

　　皇后因这事没少念叨姜祁玉，还说就应该早点把他送到封地去独当一面，就是因为一直舍不得留在身边，才纵容得他不知轻重。

　　姜褚易年纪大了，孩子们的事也渐渐地管不过来。他嘱咐皇后不必操心，儿孙自有儿孙福，只要祁箴不长歪，其他孩子不出格，也就随便他们去。

　　祁箴不负众望，长成了所有人都最满意的样子。

　　姜褚易时常看着镜中自己发白的双鬓沉默，转而拍了拍儿子的肩膀，留下一桌子简牍，出门闲逛去了。

　　这几年来，姜褚易闲时总喜欢在宫里逛，有时还能走进一些冷冷清清的宫殿。那里多年无人居住，草木茂盛，亭台幽寂，倒是别有一番风味。

　　一日，他走进一座宫殿，看见几个小宫女正扎堆儿踢毽子，玩得正高兴，连皇上来了都不曾察觉。

　　姜褚易身边的宦官重重地咳嗽了一声，小宫女们回头看见皇帝大驾光临，吓得立马跑到姜褚易跟前，跪下请罪。

　　姜褚易本就是随便走走，不承想扰了这些孩子的兴致，也不愿重罚，就直接让她们起来了。

"这里是什么地方啊？"他问道，"朕怎么觉得有些眼熟呢？"

他身边的宦官连忙上前，笑着回答道："回陛下，这儿是宜兰殿。"

"什么地方？"

"宜兰殿，曾是永安大长公主的住处，公主和亲禺戎后就再无人居住了。您瞧那儿的玉兰，小的听师父说，这还是公主当年亲手种下的呢！"

姜褚易看着那些热烈生长的玉兰，全身震颤。是啊，这是念念住过的地方啊，他怎么忘了呢？那些玉兰还是他们俩亲手种下的呢，他怎么能忘了呢？

姜褚易抬眼瞧了瞧立在一旁的小宫女们，问道："你们知道永安大长公主是谁吗？"

小宫女们面面相觑，都摇了摇头："不知……"

姜褚易极力压抑着自己的情绪，反问道："你们怎么能不知道呢？你们怎么能不知道呢？"

小宫女们以为自己说错了话，吓得又跪了下去。

可姜褚易还在喃喃自语："你们……怎么能不知道她呢？你们怎么能……怎么能忘了她呢？"

他的念念，芳名姜瑠君，庆元十三年生人，齐文帝长女，号永安。十五岁，为了齐国百姓，自请和亲嫁去山高水远的禺戎，一去就是一辈子，到死都没能回来。她曾经答应过会陪着他看齐国的盛世繁华，可齐国的盛世来了，她不见了。

姜褚易挥挥手，招呼那个宦官道："去，去把太史令叫来。快去！"

宦官也不懂皇上为何突然喜怒无常，吓得只能小跑着去找人。

史书没能写尽她的生平，就让他来为她书写吧。他要后人世世代代记住她姜瑁君的功勋。

姜褚易走到玉兰树前，伸手触摸，仿佛又回到十六岁那年——念念还未出嫁，他问她喜不喜欢花，南边有一批新进贡的玉兰，他想送给她。

当初栽下时，这玉兰也就他们那般高，如今却是要仰着脖子才能看到树顶。

又是一年春季，玉兰芳香四溢。

可到底是，年年岁岁花相似，岁岁年年人不同了。

番外四

蒲苇纫如丝

曹芦进宫前其实叫曹佩兰，是太医世家曹家的第三代长孙女。曹家出事的时候，她底下还有五六个弟弟妹妹。

那天，她在刘家书塾念完书，正要回家，刘家的人说要留她吃饭。曹芦拒绝了，可刘家的人无论如何都不让她走。她觉得不对劲，便偷偷跑了出去，刚拐进曹府那条街，就被禁卫军扣了下来。

七皇子夭折，他们说是因为曹芦爷爷开的药方所致。

皇帝等了几十年的皇子，好不容易生下一个，却被曹家人医死了。皇帝震怒，贬了曹家所有男儿的官职，将他们发配边疆，孩子满十岁的就曹芦一人，被送进了宫，其余的便下落不明了。

曹芦进宫后曾有意识地去找寻弟弟妹妹们的下落，可用尽方法，就是找不到。

她刚被送进司药局时，宫里的姑姑嫌她的名字太过出挑，不像个丫鬟的名字，就随意改了个芦苇的"芦"。

蒲苇纫如丝，磐石无转移。

曹芦心想，即使只是根芦苇，到底是个坚强的东西，这名字也不是不好。她这样安慰自己，便慢慢地接受了。

身边的丫鬟大多是家境本就不好的孤弱女子，听闻曹芦本是出于官宦世家，因犯了错才被送进来的，便十分好奇。

有些人胆子大，也没什么头脑，专喜欢往别人的伤口上撞，就去问她："曹芦，你们家是为什么被陛下处罚？"

每当遇到这样的问题，曹芦总是缄口不言。难道要她说是因为宫中唯一的皇子死在她爷爷问诊的时候吗？她自己都接受不了。

爷爷一生清明，医者仁心，看见鸽子断腿、生病都于心不忍，又怎会胡乱医治一国皇子？她不是没有看过爷爷为小皇子诊治的案例。那小皇子先天就有不足之症，能活到五岁都是爷爷医术高明，谢天谢地了，怎么到头来还成了爷爷的不是？

曹芦知道这话不能问也不能说，一说就是怪罪当今皇帝不辨是非、不明事理，罪过更大。她只能将这话往肚子里咽，最好一辈子都不说，带进坟墓里去。

可她越不说，身边的人就越好奇，越觉得她是摆架子，看不起她。

一日，曹芦去宜兰殿送药回来，素来看不惯她要死不活模样的丫鬟又来找碴儿，阴阳怪气道："哟，这是去大公主和太子殿下那儿送药了？姑姑也真是，不就是出身比我们高了些，什么抛头露脸的活都交给她。明明是罪臣之女，还以为自己是高门显贵，高我们一等，平日里连搭理都不搭理我们。"

曹芦咬了咬腮肉，决定不理她。

那人却来劲了："瞧，不就是这个样子？哼，你就是仗着大公主和太子心善才去了他们跟前侍奉，若是他们知道小皇子是你爷爷害死的，还会正眼瞧你，让你去他们跟前？"

此话说罢，周围听着的人无不倒吸一口气，顿时议论纷纷——

"竟是如此？难怪我们问她她什么都不讲呢，原来是这种灭九族的大罪。"

"我听说曹家的人没几个好过的，近几年禺戎、阿勒奴在边境逼得紧，好多戍边的将士都阵亡了。没准就有曹家的哪……"

"啧啧啧，他们曹家连小皇子的命都可以不管，戍边战死倒是将功赎罪了。"

"够了！"曹芦一扬手，砸了手上的药盏，齑粉和陶瓷片散落一地，触地清脆，"你们还想说什么，今日一并说了得了！"

那人瞧她急眼，冷笑道："哟，敢情还是我们的不是了？难道当年小皇子不是你爷爷医治的？"

反驳的话就在口中，可曹芦就是怎么都讲不出来。

"在干什么呢？这么吵吵嚷嚷的？"玉堂推门进来，看见一地凌乱，司药局的人各自站着，什么都没做，就这样看着她。

玉堂一皱眉："偷懒都娴熟到如此地步了？看见我都不怕了？"

众人这才回过神来，连忙散开干自己的事情去。

玉堂年纪虽小，但是是自小养在皇后娘娘身边的丫鬟，察言观色可比一般人强，只瞟了一眼便知道了大概。她望了眼曹芦，说道："你跟我来。"

曹芦应声，正要收拾收拾地上的狼藉再跟上，却被玉堂叫停："你别动了，让……"她眼珠子滴溜溜一转，看向那个坐在椅子上方才与曹芦争吵的丫鬟，"让她去。"

曹芦看了那人一眼，从善如流，把东西往地上一丢，大片的陶瓷被摔得更细碎了："那就麻烦你了。"

曹芦跟上玉堂，轻声道了谢。

玉堂没领情："不是专门去救你的，这样的事情，宫里每天发生千百回，我难道还要桩桩件件管过来吗？是公主吃的药出了问题，你送的药，自然问你。"

曹芦一颗心提到了嗓子眼，冷汗涔涔而下："出了……什么问题？"

玉堂瞥了她一眼："公主吃了药后胃难受，干呕不止。我本来想禀告陛下的，但公主拦下了，说是要先找你，若你没出错，再去找太医。"

曹芦咽了咽口水："为何？"

玉堂无奈："若是直接找了太医，查出是药的问题，那你可就要被罚去掖庭了。公主可不想这样。"

七拐八绕，她们终于走到了宜兰殿。

殿外的玉兰开得正盛，树下还摆着画桌，上头有一幅未完成的画。殿门紧闭，外头一个侍从都没有。

玉堂对她招了招手："跟上。"

殿门打开，永安公主躺在榻上，纱帘垂下。

太子坐在她的榻边，轻轻地握着她的手询问："念念，还难受吗?"

"难受……想吐……"

太子心疼地皱了皱眉:"还想喝水吗?还是想喝点别的?"

曹芦一直望着他们,直到听见玉堂喊了声"太子、公主"才掩下眸子,跪下行礼。

姜褚易望了一眼跪在脚边的曹芦,语气甚是不悦:"你到底拿来了什么东西?是太医开的方子吗?为什么公主吃了会如此难受?"

曹芦一五一十地回答:"是太医开的方子,奴婢亲自配的药。"

姜褚易眉头紧锁:"你懂药理吗?什么时候进的宫?你们姑姑没有教导你们识药?"

曹芦抿着嘴,倔强地抬头:"奴婢懂药理。"

"呵,"姜褚易冷笑一声,"我看你是死鸭子嘴硬,玉堂,把人——"

"咳咳——"姜瑁君又咳嗽起来。

姜褚易见了,连忙将地上的痰盂拿起,一边拍着她的背,一边接她吐出来的秽物。

"念念,我们叫太医吧。"姜褚易半搂着姜瑁君,用袖子擦了擦她额前的汗,"你看你这样难受……"

姜瑁君摆摆手,擦干净嘴,将曹芦叫到跟前:"药方里是不是有山楂?"

曹芦想了想，点点头："有。"

姜瑁君苍白着脸，了然道："就是因为山楂。我受不了那东西，小时候曾生食山楂，胃里发酸，难受了好半宿。太医估摸着没想到药里放山楂我也会如此，便疏忽了。你去同钱太医讲，叫他换张新方子，人就不要来宜兰殿了，以免惊动陛下。"

曹芦得令退下，转身离去前又望了一眼身后的两个人，小声对玉堂说："公主与太子感情真好。"

玉堂拍了拍她的背："谨言慎行。"

"公主她……是不是知道什么？"曹芦又问，"关于我的身世。"

玉堂瞥了她一眼："不然你以为公主为何绕那么一大圈子？你家门不幸，公主不想你再因此受难。"

这是曹芦第一次见到姜瑁君，第二次见就是在和亲前挑选陪嫁侍女的时候。

和亲可不是什么好差事，何况禺戎偏远，有没有命走到那儿都未可知。

可曹芦是自请陪嫁的。

一位尚宫知晓此事，忍不住同她说道："公主远嫁，我们是想挑一些没什么亲人在世的老宫人的：一来事务上手，好在禺戎帮到公主；二来无牵无挂，去与不去都是一样的。你看你，年纪还那么小，长得也好看，等再长大些就可以寻个好人家婚配生子,这又是何苦?"

曹芦只笑了笑:"公主于我有恩,何况我家中也没什么亲人了。"

她如愿以偿地被选入陪嫁队列。

和亲之日渐近,公主忧思不断,又生了病。玉堂将曹芦叫去宜兰殿,说今后公主的身体就要交给她调养、治疗了,如今便要开始熟悉起来,对公主的饮食、体质、习性都要一清二楚,切不可再出现忘了忌口的情况。

这其实是件很麻烦的事情,可曹芦乐在其中。她每日替姜瑁君诊脉、开方子、抓药、煎药,事无巨细,亲力亲为。也是从那个时候开始,她养成了每日写案例的习惯,就连到了禺戎都没改掉。

公主的身体在她的调养下渐渐好了。

一日,她正在庭院里煎药,见太子气势汹汹地从外头赶来,连朝服都没有换就摒退了众人,冲进了宜兰殿。

大门一关,无人知道里面发生了什么。

曹芦探头探脑,想从烛光掩映中窥得一二。只听寂静的夜空中传来几声陶瓷破裂之声,木椅相撞,又安静了半晌,姜褚易从殿中出来,双目微红,发丝凌乱,疲态尽显。

曹芦不敢上前,就静静地站在原地。

姜褚易望了她一眼,走上前来:"你是要随念念去禺戎的医女?"

"回太子殿下的话，正是。"

"那你记住，她不喜欢吃味酸的东西，山楂、乌梅什么的，都不要让她碰。她体寒，禺戎比齐国更北，冬日里必定是更冷的，到了冬日记得为她调养身子。还有，她爱吃冬瓜排骨汤，你若懂得药膳，就帮她改改食谱。她若生病了……"姜褚易沉默良久，长长地叹了口气，"她若生病了，一定要盯着她吃药。她不怕苦，但就是喜欢耍小聪明。很多时候，不要听她的话，全是歪理，与她身子有关的，你就坚定你自己所想。"

很多年以后，曹芦忽想起临行前姜褚易对自己说的一番话，无不感叹他对姜瑁君的了解——她当时若是没有听从姜瑁君的话隐瞒她有孕之事，她的身体应当会更好吧。

当初玉堂要离开姜瑁君，前往西边时，也将曹芦叫到跟前。明明看起来还是个小孩子模样的玉堂，做事却比谁都细心。

玉堂拉着她的手，默默流泪："你照顾公主，我是放心的。不管从前在宫里还是如今在禺戎，我们都是跟随公主最久的人了。我如今弃公主而去，我真是……"

曹芦安慰她："公主是希望你过得好，你若过得好了，公主也不会难过。"

"我走以后，你一定要好好照顾公主，若是以后嫁人了，也一定要陪在公主身边。王上将公主看得紧，身边也置了好些禺戎的人，你若再离开她，那公主身边是当真没有自己人了。"

曹芦拍了拍玉堂的手："我知道的，我一定会一直陪着公主的。"

她确确实实兑现了诺言,就这样在禺戎陪了姜瑢君二十五年,一直到姜瑢君去世,给姜瑢君擦洗身子换衣服的也是她。

姜瑢君病重那会儿,没来由地精神抖擞。曹芦便知晓她大限将至,这是回光返照之象,想忍住眼泪却怎么也忍不了。

姜瑢君还懵懵懂懂地问她为什么哭。曹芦无法,只好派人把忽罕邪叫来。

那日,她一直等在帐外,从清晨等到了傍晚,帐内没有任何动静。

其余的侍从都有些着急,探头探脑地朝帐子里面望,终于有人忍不住,上前问道:"曹娘子,您要不进去看看?"

曹芦知道这样耗下去也不是办法,便掀帘进去。她还没走近一步,一只茶盏就砸在了她脚下,碎了一地。

"滚出去!"忽罕邪将姜瑢君抱在怀里,不让别人看见半分,"你们夫人受不得冷风不知道吗?出去!"

曹芦见他这副样子,只觉可怜又好笑,想讽刺却是喉间苦涩,眼泪滚滚落下:"王上,公主已经走了。"

忽罕邪半晌没说话,只是轻轻道:"她在我怀里,能走去哪里?"

曹芦抹去眼泪:"您再这样下去,公主的灵魂得不到安歇,下辈子都见不到了。"

忽罕邪的脸贴着姜瑁君的额头，落下平生唯一一次的眼泪，喃喃道："她说，与我有关的东西都留在这儿了。她也是要留在这儿的，下辈子也是，下下辈子都是，就算她还要回齐国去，我也会再把她娶过来。"

曹芦在姜瑁君身边放了香草和花束。

忽罕邪命令她用齐人的丧礼为姜瑁君置办，有什么需要的，只管开口。前线战事吃紧，他几乎是不眠不休地操劳政务与姜瑁君的葬礼。

图安从前线回来，没想到离去前还能说上几句话的母亲竟突然变成了红颜白骨，安安静静、悄无声息地躺在棺椁里，连看他一眼都不能够了。

郁文也难受，哭了好几夜，说王上这几日两厢操劳，疲惫不堪，头发都白了好多。

图安想替忽罕邪分忧操办母亲的葬礼，也是尽一份孝心。

可忽罕邪愣了许久，摆摆手道："你不知道你阿娘喜欢什么，还是我去吧，政务便交给你了。"

忽罕邪将姜瑁君从齐国带来的东西收拾好，连带着自己这些年来赏赐给她的东西一并整理好，叫人放到墓穴里陪葬。

他本以为瑁君会有很多东西，可真正整理起来发现并不多。仔细想想也确实是这样，他喜欢给瑁君东西，可她时常不要，只是偶尔拿一两件小玩意儿。当年其他部落送来的镶贝象牙琵琶是她讨要过的最贵重的东西。

瑨君,似乎从来都不奢求从他这里获得些什么。这让忽罕邪更加哀恸,坐在她读书、习字的几案前,半晌不愿挪开。

姜瑨君喜爱书画,可到了禺戎因颜料匮乏,已有十几年不曾动笔了。

忽罕邪看见被她压在几案旁书架底下的画卷,便抽出来,拆开看。

纸页已经泛黄,上头的画没有颜色,只是用炭笔简单地勾勒人物——

那是十五岁的忽罕邪。

他记得清楚,那日是老单于的诞辰。他刚习了新舞,在寿宴上表演。

禺戎人的舞素来模仿草原上的动物,如雄鹰、苍狼、骏马,强劲有力,锐利、壮美。忽罕邪踏着步子,张开双臂犹如遨游天际的鹰鹫,鼓声变换,他踏着鼓点跳跃、奔跑,像一匹宝马驰骋草原。

那年姜瑨君才十六岁,她坐在最下首,却是离舞台最近的位置。她看见忽罕邪张扬肆意的风貌,干净利落,灿烂得如同太阳,刺目却让人移不开眼。

寿辰结束当晚,姜瑨君提笔挥毫,画下了十五岁的他。

可他却在二十余年后才看见,而作画之人也已经不在了。

忽罕邪忽然想起,他甚至连瑨君的一张画像都没有。

他急急地将曹芦叫来，询问她："你会画画吗？不必画得多好，只要传神。"

曹芦摇头："奴婢只懂医术，不懂作画。"

"那玉堂呢？"

"玉堂自小就是公主的贴身侍女，要关照的东西更多，没有时间习画。"

"你们齐国来了那么多人，难道连个会画画的都没有？"

曹芦望着忽罕邪几近癫狂的模样，眸中含泪嘲讽道："王上，您到底怨公主什么呢？您怨她只顾及齐国，不顾及您？可她是一国公主啊，您想想，若是让您抛弃禺戎，您做得到吗？那么艰难的事，您为何要让公主做到呢？"

忽罕邪怔怔道："我没想过让她抛弃齐国，我只是……我只是……"

我只是希望她是心甘情愿留在我身边的，我只希望她是爱我的。

齐国皇帝派人来接姜瑨君，被忽罕邪打了出去，半分不顾及姜褚易的面子，说什么都不让齐国的人见她。

曹芦怕此事给前线的战事火上浇油，便把使者叫了过去，递给他一枚玉牌，说："把这个东西给你们皇帝看，能保你性命无忧。"

使者走了，曹芦又去灵堂守姜瑨君的头七。

忽罕邪坐在堂前，看着牌位上的汉字，轻轻念道："忽罕邪之妻姜瑁君之灵位。"

他笑了："你还是我的人。"可瞬间又垮下脸来，"齐国的人来接你了，我不让你回去，你会不会怨我？"

他抹了一把脸："即使你怨我，我也不让你回去。"像个孩子置气一般，"你答应过我要待在禹戎和我过一辈子，我这辈子还没结束，你也别想走。"

"王上，公主她……"曹芦如鲠在喉，她咬着下唇，把那句话说了出来，"公主她本就是不愿走的。"

"你说什么？"

"当日皇上找到公主，本就是想带公主走。但是公主没跟去，所以皇上才给了她通关文牒。那日是我擅作主张去找齐国人，并不是公主的本意。公主在这儿……真的是，太苦了……"曹芦泪如雨下，"我想让公主回齐国，去做她的长公主。这样她就不必再如此胆战心惊，步步为营……"

忽罕邪心中震动，他缓缓站起来，全身抖如筛糠。他鬓边微白，即使未到不惑之年，却老态尽显，颤颤巍巍地扶着棺椁质问："你为何不早点告诉我？"

曹芦含着泪笑了，似是嘲讽，似是不屑："因为在我心里，您不配。您从来都不相信公主，不相信公主会选择您。她为您生儿育女，为您留在禹戎。可您疑她至此，甚至派图安去前线打仗。这一桩桩、一件件都是扎在公主心上的刀。您细想想，您配吗？"

忽罕邪也笑了，反问道："难道我错了吗？我不该为了禺戎去与齐国抗衡吗？"

曹芦怅然自嘲："您自然无错，所以公主从来不怨您。只是……只是我心有不甘罢了。"

姜瑁君的墓穴葬在天山脚下。忽罕邪命人挖了一个十分宏伟的甬道和墓室，说等他百年之后也要陪着她睡在里面。

曹芦选择留在禺戎。娅弥生产之时，她去乌善接生，等一切安定后又回来了。她侍候图安和郁文，只为了保姜瑁君的孩子后半生都能平安无虞。

忽罕邪去世之时，曹芦也快六十了，图安继位。

图安办好忽罕邪的葬礼，将桑歌、姜瑁君都与他合葬在同一陵寝。安葬前，他还特意询问曹芦这样是否妥帖。

曹芦点点头："桑歌是你父王的王后，他们合葬是理所应当的。你母亲与桑歌生前虽有龃龉，但二人和好了，到了地底下也不会吵架，你别怕，这样很妥帖。"

图安放下心来，又忍不住问道："曹姑姑，那您呢？您是打算继续留在禺戎还是回齐国？"

曹芦笑了笑："如今的齐国已改朝换代。姜褚易逝世，姜祁箴继位，我所认识的人都不在了，还回去做什么？留在这儿吧。

"毕竟公主在的地方才是我的家啊。"

番外五 孩子们的故事

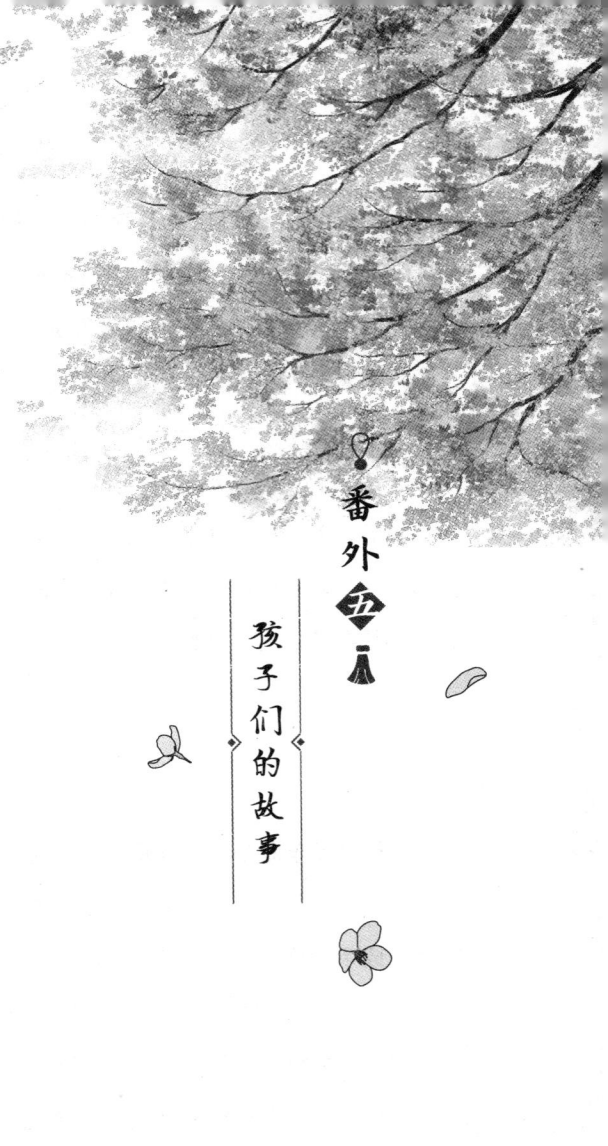

一

　　楼夏曾怀疑自己不是爹娘亲生的，因为全家人跳舞都很好看，就他肢体分外不协调。他不擅骑马，不会跳舞，也不会打架，连年纪最小的娅弥都能欺负他。

　　这件事，他同他的妻子说起过。

　　他妻子听后长叹一声，说："你可算知道自己跳舞有多难看了。先前你喝多了酒，非得在宴会上给我们跳舞。大家只好硬着头皮看，都不敢叫你下来。"

　　楼夏忍不住问道："那你现在怎么就敢告诉我？"

　　他妻子挑眉："那怎的？你敢把我叉出去？"

　　楼夏："……"

二

　　楼夏娶车曲公主的时候，差点闹了乌龙。

　　车曲国的人来接他时，没有人告诉他那两个公主是一对双胞胎。成亲当晚，两个公主在众人都不知情的情况下，一齐穿了喜服来见他。楼夏吓蒙了，转头看车曲国的大臣，向他使眼色："这是怎么回事？我过来也不见得一带一啊。"

　　车曲国大臣也给他使眼色："我也不知道啊，我们这两个公主一直是这样顽皮的，您多担待。"

　　楼夏无语。

　　两位公主站在楼夏面前，左边的开口问："你是要娶姐姐还是要娶妹妹？"

楼夏瞟了一眼她们俩，突然不慌了。这样的小妮子，他可不怕，娅弥就是这样的姑娘，从小到大，他可对付惯了。

楼夏佯作生气地蹙眉，朝一旁的大臣说道："这就是你们的待客之道？我听你们国王说，车曲国的公主知书达理，怎的还有这样的闹剧？"

大臣冷汗涔涔直下："臣……臣……"

"是你们国王看不上我这样的女婿，故意让我难堪吗？"楼夏沉下了脸，说得严肃又隐忍，面上一瞬间又悲伤下来，"难道你们先前同我说的仰慕我的才华，都是诓我吗？"

他说得情真意切，把大臣和两位公主都吓了一跳。

左边那个率先发话，拉了拉右边的手："我就说闹得太过分了吧……"

右边那个也有些难堪，扯扯裙子，走下阶梯，站在楼夏面前："我……我是姐姐热伊罕，那个是我妹妹马依莎。"

"二位公主，可是不喜欢我？"楼夏蹙着眉，显得极为心痛。

热伊罕连忙摆手："不是的不是的，是我怕我未来的丈夫不是个好人，会欺负我，我妹妹才想出这个办法来捉弄你。我们……我们……没想……"

楼夏叹了口气，看着热伊罕道："那现在呢？公主可是要舍弃我？"

"舍弃"这个词用得也太好了！楼夏在心里默默地夸了一遍

自己。

热伊罕明显被吓到了,她摇摇头:"没有没有,你……你看起来不坏。你以后也不会欺负我吧?"

楼夏哭笑不得:"你看我这样子像是欺负得了你的吗?"

热伊罕瞧了瞧他,点头笑道:"确实。"

新娘子笑了,可楼夏怎么觉得自己吃亏了呢?

三

沈西云第一次在父亲军营的校场上看见姜祁玉的时候便喜欢上了他。

那时的姜祁玉整日只想着吃什么、喝什么、玩什么,博览群书的大皇子殿下根本不知道"儿女私情"四个字怎么写。

沈西云有意接近,时常在校场上拉着姜祁玉一起射箭、比武。

姜祁玉开心极了,一日晚上,他拿来好几坛酒,叫上军营的兄弟们一起豪饮,说要跟"沈女侠"拜把子,把"沈女侠"气得撂下杯子就走了。

兄弟们嘿嘿笑着问姜祁玉:"明眼人都看得出来沈大姑娘对你有意思,怎么你自己看不出来?去了一趟禺戎就跟变了个人似的,以前只知道游戏人间,如今竟开始钻研骑射。"

姜祁玉笑了笑,说:"不敢辜负沈女侠一片心意,她值得一个珍惜她、喜爱她的人。"

"等会儿,你不喜欢她?还是说你已经有心上人了?"

姜祁玉但笑不语,提了杯酒,一饮而尽。

他有心上人,那心上人远在草原难见面,甚至连心上人要嫁与他人的消息都是在她订婚后才知道的。

姜祁玉消极了很久,时常让人觉得他只有这一副空壳留在世间。

姜褚易不愿看儿子失意至此,一年后便给他指婚沈家。

兜兜转转,还是他们两个成婚,沈西云自己都诧异极了。

要知道,被姜祁玉拒绝后,她便决意不再想他。本不信神仙鬼怪的人,让方士给自己算了好几回姻缘,只盼神仙祖宗能帮她另觅良人。可结果句句不如意,句句不离"故人"二字,气得沈西云大骂方士无德无能。如今被赐婚,沈西云实在无奈,只好命人给那方士送些金银珠宝,又匆匆设坛祭拜、告罪,说自己有眼无珠,自己不识好歹,请神仙们切莫怪罪。

沈西云带着欢喜与紧张嫁给了姜祁玉。她同所有的小女儿一般期盼得到自己丈夫的爱护与呵护,可姜祁玉让她失望了。

倒不是姜祁玉不爱护她,而是太过爱护反倒成了敬重,他们没有争吵,没有矛盾,没有不快。姜祁玉身为一国皇子,甚至连纳侧妃的意思都没有。无论她要什么,姜祁玉都会给,她要去哪儿,姜祁玉都答应,可就是这样人人称赞的生活,沈西云觉得自己快憋死了。

直到孩子到来,沈西云才在姜祁玉脸上看见一丝丝真实的喜悦与动容。

他对她更好了，不，准确地说，是对他的正妃更好了。今天这个位子不是她沈西云坐，换作别的女人，他姜祁玉也照样会对那个女人这么好。

这是他们成亲以来第一次吵架。

沈西云将姜祁玉关在房门外，叫他找别人去。

姜祁玉摸不着头脑，还说："可家里除了你我，没别人了呀？"气得沈西云直接把门锁死。

姜祁玉顾及她身体，便没有再闹她，而是去书房睡觉。

就在沈西云以为日子要这样过下去时，西北边疆突发战乱，西域多国发生政变、暴动，亟需平乱。

姜修刚刚降生，沈西云不想让姜祁玉离开自己和孩子，但她没有说出口。

姜祁玉告诉她："我会给你寄信的，你等我回来。"

沈西云只是望着他笑了笑，没有说一句话。

她知道姜祁玉和娅弥的事，她什么都知道。她也知道，那个叫娅弥的女人现在是西域乌善的王后。她不想管了，她觉得这样的日子已经很好了，丈夫要走就走吧，爱见谁见谁吧，她有这座府邸，有孩子，就够了。什么相爱相亲，她不求了，这世间有多少夫妻连相敬如宾都做不到，她与姜祁玉能这样已经很不容易了。

姜祁玉遵守承诺，每月一封信地往家里寄。

沈西云有时回，有时不回，她不想再在乎这个男人，也不愿将自己变成一颗望夫石。她沈西云爱人，却也爱自己。

直到一日边关传来消息，说西域两国混战，齐军调解，不承想一方劝说不通，直接动起手来，大皇子姜祁玉无兵无刃，深陷其中。

沈西云闻讯心中一紧，拿上侯府的令牌和盘缠，骑上马就直奔大西北。那几乎是一瞬间的决定——她知道，不管自己心里再怎么过意不去，如果此次不去找姜祁玉，她一定会后悔一辈子。

堂堂一国王妃跑到大西北时已经灰头土脸，差点被当成细作抓起来。所幸令牌在身，才让她奔波千里见到了心心念念、完好无损的姜祁玉。

根本想不到这出的姜祁玉一脸呆愣地看着自己的妻子，觉得好气又好笑，可笑着笑着，眼眶却渐渐湿润了。

他走到她身边，蹲下，替她擦了擦脸颊上的灰尘，柔声道："累不累？想不想吃肉？"

四

乌善在一次权力争夺中，被灭了国。

大齐铁骑赶到时，乌善王宫内已被洗劫一空。

姜祁玉环顾四周，紧紧地攥着手中的剑，低声命令："去，看还有没有活的。"

"殿下！"有人匆匆而来，"找到乌善王后了！"

姜祁玉心中一紧，提剑就跟了上去。

娅弥抱着孩子躲在自己寝宫的地窖里，敌军洗劫王宫时，所幸逃过了一劫。她青丝委地，衣衫凌乱，怀里的孩子也受了惊吓，脸色苍白，抱着娅弥不住地抖动。

姜祁玉只看了一眼便心如刀绞，他将剑递给侍从，走到娅弥身边，蹲下身来："哪里疼？"

娅弥垂眸摇摇头，不说话。姜祁玉深呼吸，努力平复自己的情绪："宫里还有人吗？还有……你的孩子吗？"

娅弥瞬间抬头，有些惊恐地望着姜祁玉，硬生生地憋出几个字："你想做什么？"

姜祁玉叹了口气，说："我是被派来调解矛盾的，你别怕，遥遥。"

娅弥苦笑："调解矛盾？乌善都亡国了，难道你们真的会替我们说话？"

姜祁玉伸出手："会，相信我。"

娅弥别过头去，不理他。

"殿下，找到了。"随从拉着一个五六岁、满脸污泥的小男孩儿来到姜祁玉身边，指着他道，"殿下，这就是乌善王子。"

姜祁玉瞥了一眼娅弥："是他吗？"

娅弥紧咬着嘴唇不说话。

姜祁玉吩咐："悄悄带去玉门关，不能让任何人知道，就说只找到王后和公主，没有旁人了。"

"是。"

姜祁玉又看向娅弥，蹙眉轻声问道："现在呢？如何？"

娅弥咬着牙："我想回禺戎，可以吗？"

"那孩子怎么办？"

"我也带回禺戎。"

"他是乌善的王子。西域从十年前开始就统归我大齐管辖，怎么可能让他去禺戎？"

娅弥将下唇咬得发白。

"跟我去齐国吧。"

"我不去。"

姜祁玉蹙眉："为何？"

"我不想变成我阿娘。"

姜祁玉沉默半晌，回复她："你儿子，我是一定会带回齐国的。你若是想跟着，我也一并带你走。你若是想回禺戎，我也可以送你回去。"

娅弥认命似的闭上眼："你把巴图尔带走吧。"

"那你呢？"

"我？"娅弥笑了笑，"我自然回禺戎。"

"那是你阿娘的故乡，你不想去看看吗？"

娅弥笑出了眼泪："你觉得，她会愿意我去吗？

"我此生都绝对不会重蹈我阿娘的覆辙。绝对不会。"

番外六

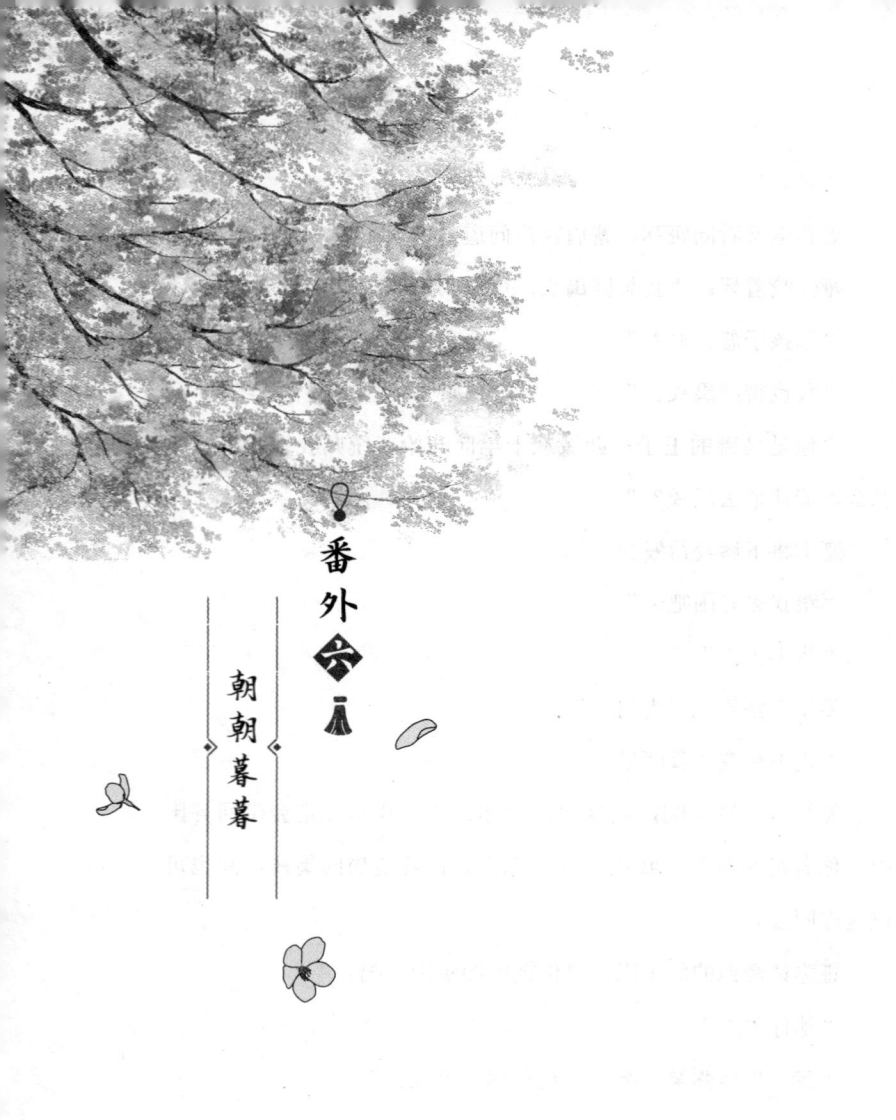

朝朝暮暮

娅弥怎么也想不到，有一天，自己真的能够踏上这片土地——她母亲心心念念、至死难忘的故土。

巴图尔被姜祁玉带进宫谢恩，她则待在官驿里。

她至今都觉得这是一场梦，从黄沙漫漫的西域到柳绿莺啼的中原，似是须臾之间；从千娇百宠的小公主到国破家亡的王后，也是眨眼十年。

中原的风俗习惯与西域、禺戎相去甚远，娅弥环顾四周，入目皆是精致的香炉、屏风、卧榻、座椅。她轻轻地嗅了嗅，是淡淡的花草的气味，和当年阿娘身上的味道像极了。

她心头莫名一软，鼻子微酸，有些想哭。

她本是不愿来的。乌善被灭，她更愿意带着孩子回禺戎，那里有父亲、兄长，估计过不了几年，她还能带着孩子们再嫁，日后的日子有父兄的帮持一定是不会差的。

可她还是来了。

她仍记得被姜祁玉带去齐国军帐那日，哥哥连夜赶到军中，要带她走，甚至连曹姑姑都来了。

可姜祁玉在他们之间看了个来回，鼻子轻声一哼，说道："若要带走，可以，巴图尔王子必须留下。"

图安知晓当年姜祁玉求亲之事，他也是个性子强势的，若是以前禺戎还强盛之时，他必定是商量都不愿商量，闯进军中，带上妹妹直接离开。可如今姜祁玉背靠齐国，而西域又全在齐国的掌控之中，齐国势大，他不得不低头。

图安压低声音："巴图尔王子是遥遥的孩子，殿下有何理由带走？"

姜祁玉端着酒盏一笑："巴图尔是乌善未来的继承人。艾提身死，巴图尔继位，便是齐国的臣子。臣子国灭，大齐带回他，有何不可？"

图安面色紧绷，牙关紧咬，努力克制着自己的情绪。

曹芦见二人剑拔弩张，伸手按住图安，对姜祁玉开口："殿下，奴婢知晓殿下带走巴图尔的决心，是以不会劝阻。但奴婢还有几句话想对殿下说。

"娅弥公主是永安大长公主最小的女儿，也是她最疼爱的孩子。长公主生前受了太多骨肉分别之苦，长公主若还在世，必定也是不愿意自己的女儿再经受这样的苦楚。齐国之于长公主是故乡，那禺戎之于娅弥公主也是故乡。

"陛下怜惜长公主年少出塞和亲，也望殿下……能够体谅娅弥公主的思乡之情。切莫……切莫让她步长公主的后尘。"

即使有哥哥与曹姑姑做说客，她仍旧来到了这里。巴图尔太小，才六岁，这么小的孩子离了母亲又该怎么生活？

少时，她总爱跟在图安身后问东问西，问他在阿勒奴的生活，毕竟那是她未曾见过的地方。每当此时，那个总是沉稳、冷静的大哥脸上总会显露出沉思、不耐甚至……厌烦的表情。

图安不愿细说他在阿勒奴的经历，小时候的她也曾抱怨哥哥不亲近，还去母亲那里告状。母亲听见后也不说话，只是叹气，有时还哭，吓得她再也不敢问这些问题。

儿时不懂事，长大了才渐渐明白过来，直至做了母亲，她才理解和心疼哥哥与阿娘。

哥哥五岁离家，去往血雨腥风、暗潮涌动的阿勒奴，能活下来，太不易了。

如若巴图尔就此离开她，六岁的孩童到一个与禺戎全然不同的国家，他该如何自处呢？

她要去齐国陪着他长大，她应当去陪他长大，等到他能够独当一面，她作为母亲的职责才算是真正结束。

傍晚时分，宫里遣人来接娅弥，说是皇上、皇后设了家宴，一家人一起吃顿饭。

娅弥有些恍惚。这算什么家人呢？自她出生以来便未曾见过，有些了解也只是来自母亲偶尔吐露的只言片语。齐国的皇帝、母亲的哥哥、她的舅舅，太陌生了。

她很小的时候曾问过母亲齐国是什么样的，像禺戎一样漫山遍野的草原吗？有雪山吗？有奔腾的马儿、成群的牛羊吗？

彼时姜瑶君笑着刮了刮她的鼻子，说道："齐国没有那么多的牛羊马匹，也没有广阔的草原、巍峨的雪山，但是那里有红花绿叶、流水茂林，有亭台楼阁、酒街市肆。齐国什么都有，遥遥想去看看吗？"

娅弥抱着姜瑶君的脖颈儿念叨："阿娘跟遥遥一起去吧，

好吗？"

那时的她看不懂阿娘脸上的神情，也全然想象不出阿娘给她勾勒的异国，如今一见，方知令阿娘魂牵梦萦的地方是这般模样。

宫阙重重，雕梁画栋，侍女仆从们提着泛着温暖烛光的灯笼踽踽前行。马车碾过宫道，黄昏中有微风，清淡的熏香袅袅如烟。

马车停在一座宫殿前，内侍将娅弥牵下马车。

姜祁玉站在高阶之上，一身玄色深衣，高冠博带，大袖在风中拂动。

他看着她。

娅弥扶着内侍的手走上台阶。齐人的装束裙裾很长，她今晚刚换上，时常踩到，走得有些艰难。

忽然，一只手伸到面前，娅弥抬眼看去。

是姜祁玉。

他的手已经在沙场上历经风霜雨雪，斑驳不堪，老茧粗粝，根本不是一个锦衣玉食的皇长子该有的。

娅弥望着他，笑了笑，将手递给他。

姜祁玉示意内侍退下，二人相携走上阶梯，在殿门外站定，松开了手。

"今日就只有我爹娘、我弟弟还有我，你不要拘束，就只是家常便饭。"

家常便饭。娅弥在口中咀嚼这几个字。

"巴图尔呢？"

"王子已经安歇了，王后若想见他，饭后我叫人带你去。"

娅弥没再说话，跟着他进了大殿。

高堂上端坐着皇帝和皇后。

一旁的姜祁箴见娅弥来了，连忙起身行礼。娅弥回礼，又拜见过姜褚易与刘之华才落座。

确实是家常便饭，几人的衣裳穿着也不讲究，也没旁人侍候，就他们坐在一起闲话。

端上来的菜有许多娅弥从未见过的，什么鱼啊、虾啊、蟹啊，长得奇形怪状，她有些下不了口。

姜祁玉瞧见她这副模样，召来一旁的侍女："你去服侍王后用餐。"

娅弥这才解脱。

姜褚易看了他们一阵，瞧见娅弥颇为新奇地盯着侍女剥虾，不知想起了什么，长长地叹了口气。

刘之华瞥了他一眼，堂下的人也听见了，纷纷抬头看过来。

姜褚易搁下筷子，停了一会儿，又看向娅弥。

只见娅弥颇为不解地望着他，那张脸像极了姜瑢君，尤其是见到新奇物件时眼里放出来的光，与十几岁的姜瑢君如出一辙。

姜褚易没头没尾地说了句："你和你母亲，很像。"

娅弥先是一愣，复又回过神来，淡淡一笑："父亲也经常这么说。"

"他还说过什么？"

"他还说……我的脾气也特别像她，尤其是阿娘刚去禺戎的时候。"

姜褚易想起了多年前姜祁玉从禺戎回来，向他描述娅弥时说的话，笑着点点头："像，像极了。"

他看着娅弥，说道："你既来了齐国，便安心住下，不必担忧。等巴图尔长大成人，是去是留皆由你裁定，我们不会逼你。"

娅弥颔首："多谢陛下。"

"叫我'舅舅'吧。"姜褚易说。

娅弥微微一愣，她悄悄抬眸看向居高临下的姜褚易，犹豫再三，缓缓说道："舅舅。"

姜褚易淡淡一笑："好孩子。"

用完晚膳，姜褚易让姜祁箴送娅弥前往巴图尔的寝殿，转头又对姜祁玉道："阿云今日是不是要从侯府省亲回来了？"

姜祁玉连忙回道："是，今天回家。"

姜褚易瞧着他："那你早些回去吧。阿云带着修儿来回奔波也累了，你去接他们。"

姜祁玉没有过多的迟疑，行了礼便离开了。

姜褚易对着娅弥笑了笑："你与表兄也算是旧识了，本应该让你们叙叙旧，奈何他家中事务繁多，就不能作陪了。"

"娅弥明白。"她浅笑着回应，跟着姜祁箴离开。

十余年蹉跎光阴，那时年少莽撞，你我也只是过客。

娅弥跟着姜祁箴穿梭在宫墙回廊之间，一株花树探出墙头，清香扑鼻。

娅弥问："这是什么花？"

"玉兰。父亲喜欢玉兰，是以宫中常种这种树。"

"玉兰？"娅弥惊呼。

姜祁箴有些不解："有何不妥吗？"

娅弥自知失仪，连忙摇头："并非不妥，只是阿娘在世时十分喜欢这花，父王本想在禹戎种的，只是不知为何，一直种不出来。"

姜祁箴笑了笑："若是王后喜欢，我们亦可遣人在王后的寝殿里种一些。"

这话让姜褚易知道了，一日下朝，他带着娅弥去了宜兰殿。

他问："你说你母亲喜欢这花？"

娅弥点头："嗯。"

姜褚易沉默半晌，回答道："玉兰多生长于南方，禹戎种植颇为不易。你若喜欢，等日后你要回去禹戎，我命人给你送过去。"

娅弥惊讶："送往禹戎？可……路途遥远，如何送得到？"

姜褚易敛了神色，良久才叹了口气，说道："你母亲生前没能回家，她死后，你若是能替我在她陵前栽一株玉兰，也算是了却我一桩心事。放心吧，不管多难，我都会替你送到的。"

娅弥听见这话，激动得险些落泪。她还有所求，只是不知当不当讲。

她面上为难，姜褚易一眼就瞧出了。

"还有什么要说的？"

娅弥支支吾吾半天："舅舅……可否替娅弥画一张母亲的画像？抑或……教教我如何画？父王没有阿娘的画像，事后一直懊悔，娅弥想……想替父王画一张。"

姜褚易看着她，心中感叹，点头答应："好。"

宜兰殿整洁依旧，熏香袅袅，玉兰芬芳。殿门大开，阳光洒落，蝴蝶、花瓣随风飞舞，时而吹落在宣纸上。

研磨、铺纸，几笔成就芳华，姜瑁君的容颜在姜褚易手下慢慢展开、显现，出神入化。

画中是十五岁的姜瑁君，是姜褚易眼里的她，却不是娅弥眼中的她。

娅弥问道："这是阿娘吗？"

"嗯，她及笄礼那年的春天。"

那年的姜瑁君，是天上地下独一无二的天之骄子，享受着长辈的宠爱与万民的朝拜。她是齐国最绚烂的太阳，是最耀眼

262

的花。

画中的姜瑢君一身月白色海水云崖暗纹长袍，罩着如雾如烟的素纱禅衣，绾着高髻，发上缠着丝绦，又缀以晶莹南珠，发丝飞动。她怀中抱着新折的玉兰花枝，双眸低垂，嘴角含笑，像个刚入凡尘的姑射仙子，美得不可方物。

作画之人笔触温柔、坚定，整幅画无一出错、犹豫，像是画了多年。

姜祁玉从外面走进宫苑，见娅弥与自己父亲正一同伏在桌上作画，阳光洒入窗牖，斑驳在画像上。他们拿起画卷端详，满目温柔。

"阿娘真好看。"娅弥喃喃自语，失神地伸出手去触碰，不知为何，泪就落了下来，"阿娘陪我的时间……太短了，短到我都无法深切地去了解她，她就已经不在了……"

姜褚易摸了摸她的头："你若是想知道，舅舅可以跟你讲讲——你阿娘曾经的事。"

"当真？"

姜褚易朗声笑道："只要你不嫌烦，随时可以来找我。"

姜祁玉就站在殿外看着他们，听见这话也笑了。他本还想进去请安，如此一来，也不好打搅，转身就要走。

沈西云正巧从外面走来，见姜祁玉果然在此，一下子扑进他怀里："你又乱跑！"

姜祁玉见她顽劣，不禁失笑，又拍了拍她的背，哄道：

"你与阿娘聊得开心,我坐在一旁只会惹你们嫌,还不如来找我爹。"

沈西云盯着他,努努嘴道:"我才不相信你只是来找陛下的。"

姜祁玉无奈地笑道:"你又来?"

沈西云一巴掌拍在他的肩头,耍小脾气:"怎么,还不允许我吃醋了?当年求娶你表妹不成才娶了我,成亲生子后就跑去大西北打仗,理都不理我……你这颗心啊,是我奔波千山万水去找你才得到的,还不能让我护护食了?"

姜祁玉拿她没办法,揽着她的肩膀朝外走,嘴里还念叨:"好,那就都听夫人的。嗯?"

沈西云也不计较了,头倚靠在他的肩膀上,跟着他走远。

娅弥其实一早便瞧见了,她抬眼看了看他们的背影,淡淡一笑,低下了头。

"你与祁玉缘浅,如今这般,是最好的结局。"

姜褚易没头没尾的话,听得娅弥一愣,她忽然又笑道:"白驹过隙十数载,我与他各自成婚,生儿育女,年少情愫终是会被消磨的。不过,我们尚能保留几丝亲情与友情已是再好不过了。"

此话一落,姜褚易有些恍惚,一时间不知她是在说她与祁玉还是在说自己与念念。可转念一想,他们那段止于年少的不足为外人道也的隐秘情感,如今又还有谁人知晓呢?

巴图尔十五岁那年,被姜褚易赐了姓——方,取名方通,愿他做一个方正守矩、通达四方的君子。姜褚易信守诺言,对巴图尔如同对待自己的外孙一般疼爱、器重,让他与其余皇子皇孙一同读书识字、明理晓事。十五岁的巴图尔能背诗文、晓经义、作辞赋,是个知书达理的好孩子。

娅弥心事已了,便不愿再待在齐国,择日要启程回禺戎。巴图尔不舍得她,又不想当众丢脸,只好偷偷跑进娅弥的寝殿抱着她哭。

娅弥摸着巴图尔的脑袋,安抚道:"巴图尔,人总是要长大的。"

"可是这宫里的兄弟姐妹们长大了,他们的母妃都还在他们身边啊!"

娅弥叹气,一把抓住巴图尔的肩膀,郑重地道:"你与他们不同。你自来到齐国开始,你便与他们不同。他们如此是天经地义,你却不能。你身上肩负着家仇国恨,肩负着你父亲、你兄弟姊妹、你族人的血债!你在此受庇护,从来不是理所应当的,你要强大、要独立,要做得比他们每一个人都要好。那样你在这里才有立足之地,你明白吗?"

巴图尔不是不明白,只是他舍不得母亲。他看着娅弥含泪的双眸,委屈地点了点头。

姜褚易带着一众人为娅弥送行，顺带给了她上好的笔墨纸砚。姜褚易画的画像，她也带着了，可她更愿意自己去画。

待在齐国九年，她住在母亲曾住过的宜兰殿，习琵琶，学绘画。她想把这些都带回去，带回去给思念成疾的父亲瞧瞧，他一定会高兴的。

姜祁玉也在送行队列之中，他望着她，隔着众人，笑着对她说："保重。"

只二字，前尘恩怨情仇一笔勾销，娅弥亦朝他点了点头，转身走进马车。

等娅弥回到禺戎，父亲和兄长早已出门迎接。

曹姑姑也是焦急，一见她下马车就连忙迎上来抱住："孩子，你真是担心死姑姑了。"

忽罕邪带着图安上前，看到她时舒了口气，说道："回来了就好，哪儿都比不得家里。"

娅弥看着久别的家人，上前一把拥住，风吹干了她的泪："我回来了，父王，哥哥。"

她带来了齐国的玉兰花，还有姜瑁君的画像。

那是忽罕邪生平第一次看见真正的玉兰花。

齐国送来的树苗不大，就小小一株，不比忽罕邪高。他命人将花树尽数搬到曾经为瑁君养花的温房栽好。看着看着，他忽然说了句："原来……真的需要用树去栽啊……"

娅弥从外头回来，手里拿着画卷，倏地听见这句话，心里五味杂陈。她掀起帘子，对着忽罕邪笑道："父王，我还带回来一样东西。"

忽罕邪抬眸看向她，不明所以。

娅弥让他拿着画卷的尾部，自己拿着头部，缓缓展开。

先是姜瑫君的眉眼，再是她抱着玉兰花，而后是她的全貌。

栩栩如生，如人亲临。

忽罕邪呆住了，他半晌没动，娅弥也不敢叫他。

他哽咽了一下，双手微微颤抖。半晌，他抬头问道："这是谁？"

娅弥看着自己父亲面上的神情，心中苦涩难耐，强忍着眼泪："是阿娘。我问舅舅讨来的。"

"是你阿娘？"忽罕邪又问了一遍。

他早就认出来了，在乍看到她眉眼的那瞬间他就认出来了，只是他不敢相信，他不敢相信娅弥真的带回了瑫君的画像——他魂牵梦萦、求而不得的思念。

忽罕邪五十六了，双鬓微白，不再如曾经张扬恣意、放荡不羁。可他在看见姜瑫君的画像后，那眼里闪烁出来的光，仿佛还是那个满心赤诚的少年郎。

"是你阿娘，是你阿娘……"他喃喃道，右手轻轻地小心翼翼地抚摸着，"是我初见她的模样，是她……"

娅弥笑了，眼里还带着泪："父王，我把阿娘带回来了。"

忽罕邪欣慰地点点头，满目泪水："好孩子。"

他摸了摸娅弥的脑袋:"真是个好孩子。"

齐国的玉兰开花后,忽罕邪移栽了一些去天山脚下,同瑁君种的那些瓜果蔬菜一同成长,还有一些被种在瑁君的陵前。

说来也奇怪,这天山脚下虽说水源、光照充足,但禺戎终究是北地,比齐国的江南冷了不止一点,可那几株玉兰花照样春生秋落,循环往复,日复一日,年复一年,茁壮生长。

直至娅弥再嫁,忽罕邪去世,图安继位,曹芦寿终正寝,朝代更迭,它们依然生长在那里,朝朝暮暮。

番外七 如果重生

忽罕邪疯了。

我本以为他从马上摔下来后说的那些胡话只因病未痊愈，可到齐国后我才笃定——他是真的疯了。

正常男人即便再仰慕一位女子，也不会在与她第一次见面时就一直盯着她看，也不会在两国宴饮之时擅自离席跟随女子去无人的花苑，更不会大半夜不睡觉，来我的房间问我这位女子为什么会变成这样？

舟车劳顿，跋山涉水来到齐国议和已使我深思混沌，我实在不想同他聊天，但碍于对方禺戎七王子的身份不得不撑着眼皮开解他："七王子，她是大齐的永安公主啊。"

"我知道。"忽罕邪打断我，"我当然知道了，但我没……没想到她是这个样子的。"

人家这打得算是轻的了。

我看着他揉自己的右脸，忍着笑意："一国公主，皇帝长女，自然偏爱。公主没有把七王子你唐突之事告诉大齐皇帝，已是至纯至善、识大体之人，七王子何故在这儿扭捏纠结？"

"我当然知道她是至纯至善、识大体之人。可……"忽罕邪微微一愣，低头叹了口气，喃喃自语，"是啊，一国公主、皇帝长女，本该如此。"

他似乎是苦笑了一下，把我吓得不轻。忽罕邪素来不可一世、张扬恣意，马上这一摔怎么把他的性子都给摔坏了呢？

我看着他怅然的模样，拍了拍他的背："七王子……属意永安公主？"

"她本就是我……"忽罕邪话说一半，忽然停下，话锋一转，"我没有。是我唐突了。"

他盘腿坐在我榻上，良久没有说话，颀长的身躯微微佝偻着，凝神思索着。我开始犯困，长长地打了一个哈欠。眼中的事务越来越模糊，不知过了多久，我陡然惊醒，发现他仍旧一动不动地坐着。

我与忽罕邪自小一同长大，鲜少见他这般迟疑扭捏之态，使劲推了他一把。

他却说："她今年几岁？"自问自答，"那年……是十五……所以现在也是十五。"

我懒得管他不清不楚的自言自语，只说道："你若是属意永安公主，叫她和亲倒也不是不可。"

古来两国议和，商定一切和亲公主是常事。即便那个永安公主是大公主，忽罕邪想要，未必不可以。

可他却没有说话，只是抬头看着殿上的房梁，又看了看窗外的月亮，失声一笑，像是卸下了什么东西，轻飘飘地说一句："算了吧，算了。"

但他的所作所为一点都不像是要算了的人。

他又去找她了。

齐国的春天很好，比禺戎来得早，有暖风暖阳，柳树桃花，池水也像洒了金子一样金光灿灿的。我折了一根柳枝，百无聊赖地坐在池塘边，看着忽罕邪望眼欲穿——永安公主在花苑里放纸鸢，经过昨日那一遭，他也算是有点长……进？

他又走过去了。

我慌忙拉住他："你怎么又要过去？"

"来不及了。"忽罕邪望着她，"就这么几日，来不及了。"

"有什么来不及的？"

忽罕邪挣脱我的束缚，没有任何犹豫地、径直地朝永安公主走去。

斜风一吹，纸鸢就挂在了树上。

宫女公主怨恼成一团。她随手一丢手中的轮盘，转向身边一女子道："玉堂，你帮我叫哥哥过来。"

那侍女恭敬福身，抬脚走出花苑朝我方向走来。她梳妆齐整，衣饰文雅，路过我时轻轻瞥了我一眼，衣带上拂起轻浅的香气。

待她走远，我方才回过神，而忽罕邪已经几步飞上了树梢，坐在最高的枝丫上将纸鸢轻轻拿了下来。他翻身下树，轻松落地，还颇为得意地瞧了瞧自己的四肢。他抬头看向永安公主，而公主并不上前与他攀谈。

早就说了别去！

我叹气无言，想着如何上前替他解围，却见他将纸鸢小心翼翼地放在一边的石桌上，后退几步朝着公主行了一个汉礼。

众人有一瞬的错愕，连同我在内。公主袖子遮着嘴巴，惊讶却是从眼睛里跑了出来。

忽罕邪直起身："昨日是我冒犯唐突了殿下，在此给殿下赔罪，还请殿下见谅。"

公主可真是个善良的人啊。她许是为忽罕邪诚恳的态度所动容，也朝他行了礼，说了一些得体的客套话，一双眼睛亮晶晶的，好奇又谨慎地瞧着忽罕邪。

他注视着她，一瞬不瞬。而太子殿下的到来打破了这一刻的宁静祥和。连我都看出来了，他根本不待见忽罕邪。他三言两语将忽罕邪赶出花苑，我怕二人起冲突于两国而言难以收场，连忙跑过去拉住他。

太子神色狠厉，冷言冷语，叫忽罕邪不要动歪心思，也不要耍小聪明。东西我们要一样不少地给他们，而人他们也绝不可能随随便便地给我们。

我没听懂这句话的意思，忽罕邪却是皱了皱眉，什么话都没说，盯着太子看了半晌，冷哼嗤笑一声，转身离开。

直至夜间使者来访，我才明白过来为何太子会如此生气——齐国禺戎休战，我们答应给予丰富的财帛马匹却也求娶了齐国皇帝唯一长成的女儿，永安公主。

齐国皇帝不允，太子更是震怒，直接同使者当堂争吵起来。什么战败之国夜郎自大，狼子野心居心叵测，骂得朝臣纷纷劝

273

和，两拨人不欢而散。

"这是王上的意思。"带我们来的使者说道，"还请七王子务必完成王上交代的任务。宿虏王在西部落屡立战功，七王子也要在王上面前多多表现，让王上满意。"

他稍顿了顿，又道："这也是王后对您的嘱托。"

忽罕邪神色淡然，看不出喜怒，只在使者走后轻嗤一声，骂了句：放屁。

他才是放屁。

晚上刚说完不要娶，白天一起床就抓着侍从宫女们细问玉兰花种子到底长什么样。

我问他找这个干什么？他没说话，在问了十几个人确定模样后，拉着我就出宫跑遍了长安城几十条街，终于在傍晚宫门将要落锁之时回到殿中。

回到寝殿，他看着锦囊中黑黑小小的种子出神，半晌才开口："原来我从一开始就是错的。"

什么错啊对啊的，我犯困，却不得不陪着他："你买种子也就算了，你为什么要买这三个布娃娃？丑死了。"

我被结结实实地揍了一顿。忽罕邪揍完我又回到几案上，拿起毛笔开始写字。他在我的注视中开始了鬼画符，我惊愕地指着纸上的字质问道："你到底是谁？你为什么会写汉字？忽罕邪根本不会写汉字！"

"你七岁还在尿床。"忽罕邪头也不抬。

是本人无疑。

我尴尬地清了清嗓子:"你……你写的什么?什么时候会写汉字了?"

"瞎看书自学的。"他边说边将几个汉字分别撕成三份塞到布娃娃的后领中,又安安稳稳地将种子与布娃娃一齐放到一个精致的木盒中。

小玩意儿安静地躺着,而忽罕邪凝视着他们:"卖家说,只要给这几个娃娃起了名字,娃娃就会护主安身。"

"谁知道是不是瞎编的。"

"望能保她百年。"忽罕邪眼神一暗。

"谁?"我疑惑,"王后啊?王后不喜欢齐人的,这些东西更加不喜欢了。"

忽罕邪看着我欲言又止,叹气摆手:"你……哎,算了。你什么也不知道,不会遗憾不会愧疚,也挺好。"

使者又来催促忽罕邪去找皇帝提请求娶公主之事。他们在齐国皇帝这儿,吃了太多次闭门羹,忽罕邪身为禹戎七王子,齐国皇帝不得不给他面子。何况他年纪小,若要和亲,皇帝直接把公主指给他的几率可比禹戎王来的大。

"就在骑射比试结束后。"使者说道,"七王子切记切记,不要忘了。"

忽罕邪没有理他,一个纵跃翻身上马,长弓在手,他远远地朝永安公主看去。公主却没有看他,她的目光始终在太子身上。

我与忽罕邪驱马来到太子身边,太子脸色不善,冷眼盯着我们。

忽罕邪玩味又挑衅地回看过去,眼中没有丝毫的胆怯与畏惧。

许是大齐皇帝怕我们提出什么过分的要求,骑射比试的彩头变成了明定的金银珠宝。我看向使者,他满面愁容地遥望着我身边的忽罕邪,可忽罕邪却不看他——他现在只看永安公主。而永安公主只看她哥。

"这彩头已定,骑射比试赢了也求娶不了公主了。"我说道。

忽罕邪没有看我,只低头擦拭着箭头。

"七王子,我们求娶不了公主了。"我又说了一遍。

忽罕邪手上的动作突然顿住,他沉默着,凝滞着,好像在想着什么久远的东西。

"我们还能完成王上交代的事吗?"

"娶不了……"忽罕邪完全没有理会我,他又一次看向永安,"娶不了了……什么都没有了。"

"那不至于,您好歹还是王后嫡子,背靠阿勒奴,即便宿房王再厉害强大,您也不至于什么都没有了。"

忽罕邪显然还是很担忧的样子,我只能继续替他出主意:"或者……我们可以厚着脸皮去?"

他们没有给忽罕邪回话的时间，监者举起了黄旗，吹响了哨子。人群在欢呼，骏马在奔踏，两国的少年在驰骋。劲风从我的耳边呼啸而过，弯弓搭箭，我于余光中瞥见了遥遥领先的忽罕邪和紧追其后的太子。

这小子又背着我偷偷练习了。

马背上生长的民族从来争强好胜，忽罕邪没有给东道主留任何情面。十四岁的他击败了十九岁的大齐储君，为我们禺戎赢得了议和以来第一场胜局。

太子面无表情地盯着忽罕邪，下了马便将弓箭扔给侍从，气势汹汹地回到位置上。

"就差那么一点点。我都看着呢。哥哥也好厉害！"永安公主在边上劝，"他们都是自小长在马背上的，我们可不是。若是跟我们比文书，他们定然也比不过。哥哥不要生气了。"

太子与公主的感情真好，她随便说了几句，太子真就不生气了。

可没过多会儿，他就又拧起了眉毛——忽罕邪走过去了。收起了弓箭却没有收起气势，他目不转睛，大步流星，直接走到了大齐皇帝席前。

大齐皇帝不待见我们，却也不得不承认忽罕邪的骑射精湛。他上下打量了一下，笑着夸赞道："英雄出少年啊。禺戎有七王子这样的人才也是后继有人了。这彩头，非你莫属。"

"陛下，我不要这彩头，我想要另一样东西。"

在座之人脸色皆变,太子神色严肃,死死盯着忽罕邪。

"这彩头已定,若是随意更改岂不让众臣觉得朕这个皇帝不守信用?"

忽罕邪笑着说道:"于陛下而言,这并非是什么难事。我要的也不是什么奇珍异宝,更不是什么人,而是……"

他将目光瞥向坐在一旁的永安,太子侧身,将身后的妹妹遮得严严实实。

"我想要公主的一段时间。"忽罕邪说得认真又诚恳,"我想同她说几句话。"

大齐皇帝皱了皱眉,刚想开口,忽罕邪又说道:"就几句,或者……就一下。"

"我妹妹没什么好跟你说的。"

"太子。"皇帝沉声喊道,转头看向永安,"让永安自己说。"

永安怔愣片刻,太子紧紧握着她的手,朝她摇了摇头。

"殿下。"忽罕邪看着永安,不复方才迫人气势,似乎还带着几分请求。

公主是个心软的人,她缓缓站起身子:"要不,你……你就在这儿说吧。"

忽罕邪没有说话,只是望着她,面上带着遗憾又释然的浅笑,缓缓垂下眼眸。

"嗯……那要不去、去校场边上?"永安试探地问道。

"好。"

"不行！"太子殿下拉住永安的手，瞪了忽罕邪一眼，"你们禺戎不讲规矩，我们大齐却是礼仪之邦。男女七岁尚且不同席，何况你还是外男，于礼不合，就在这儿说。"

"七岁不同席？"忽罕邪笑道，"太子与公主殿下并非亲兄妹至今同席，是何道理？"

怼得好。我在心里默默为忽罕邪鼓掌，摔马摔得口才都变好了。

太子的神色更加阴沉了，永安连忙按住她哥哥的手："我就去一会儿，这么多人看着呢，没事的。"

太子并没有要放人的意思，公主却已然起身。一双手拉在一起，忽罕邪眼睛暗了暗，侧身让开一条路："殿下，请。"

太子无奈只好将手放开，却还不忘嘱咐她："说完赶紧回来。"

有时不得不说大齐的气候与景色真是比禺戎美多了。他们两个走到校场边上，远处有青山，近处有杨柳，还有蔚蓝的天空和热烈的太阳，飞鸟从头上掠过，微风吹起二人的头发。

忽罕邪递出那个盒子，永安讶然，双手接过。

他们说着什么话，可我们谁都听不见。

只有我知道忽罕邪要对她讲什么——

那三个娃娃的名字分别叫图安、楼夏和娅弥，在禺戎话里分别是平安吉祥、长命百岁、芳华永继的意思。他说娃娃护佑主人,不能求娶公主,祝她平安总是可以的吧?

我问忽罕邪为什么一定要买三个,买一个不就够了吗?

忽罕邪说:他们三个都是很好的孩子,一个都不能少,都要陪在她身边。她二十岁、三十岁,乃至四十岁……都要平安,要一直活到一百岁才行。

我说:你这愿望也太大了,我能活到六十岁我都谢天谢地了。

他说:她不一样。

是是是,是不一样。不一样到你没见过她就知道她的名字,睡里梦里都在喊"瑨君不要走,不要离开我"。

他们回来了。

永安怀揣着那个木盒子,眼神愣愣的,三步一回头,可忽罕邪只走到不远处就停了下来。太子向永安伸出手,可她却没有回应。她转过身瞧着忽罕邪,突然几步上前走到他面前,忽罕邪瞬间瞪大了眼睛。

"我们以前是不是在哪里见过?"永安问道,"有一年上元节,在长安街头,我们一起吃馄饨来着。"

记忆就好像被人打扫出来的盒子,一旦打开,尘封的旧事泉涌而至。

我记得。

有一年冬季,我与忽罕邪流落长安街头,幸得两位兄妹出手相助,那一年的我们都还年幼,萍水相逢,未知这迂回的缘分竟深埋至此。

可忽罕邪却说:"没有,我不记得了。"

这下换我瞪大眼睛了。我都记得,他怎会不记得?

"哦……这样啊。"永安有些失落,"我还以为我们以前见过呢。"

"如今再见,也没什么不好的。"忽罕邪笑看着她。

"那我走了,谢谢你。"永安温柔地笑着回应他。

忽罕邪半晌没有说话,一直凝望着她,回答的却是:"再见。"

骑射比试是议和最后一日,忽罕邪没能替王上求娶来公主,使者回程路上一直抱怨,一会儿说王上如何如何,一会儿说王后如何如何。忽罕邪却充耳不闻,一心骑马向前。

我架马走到他身边,问他:"你跟公主说了什么?"

忽罕邪垂眸,神思飘远:"我问了她一首诗的意思。"

"什么诗?"

"南有乔木,不可休思;汉有游女,不可求思。汉之广矣,不可泳思;江之永矣,不可方思。"忽罕邪道,"我说我有一个朋友有一心悦的女子,但是求之不得,就像《汉广》里写的那样,怎么办?

"她说:谁谓河广?一苇杭之。谁谓河广?曾不容刀。古人早就已经告诉我们了,照做就行了。"

他突然笑了："原来是这个意思，是这个意思啊……"

好似突然得了什么赦令，他放肆大笑出来，响彻行云："知道这些，这辈子也没什么遗憾了。"他看向我，"唯一有点对不起的，就是你了。"

莫名其妙。对不起我什么？我忽然想到那个衣袂带香的女子，觉得有些可惜。可能在禺戎，再也遇不到像她这样的女子了。

我看向忽罕邪："七王子，你知道齐国有一个风俗，我们禺戎是没有的吗？"

"什么？"

"这么多时日，我也看出来了。你就是舍不得永安公主却硬要放手。"我看着他，"齐国的男子可以入赘。你，想不想试试？"